A CASA DAS
BROMÉLIAS

Editora Appris Ltda.
1.ª Edição - Copyright© 2023 da autora
Direitos de Edição Reservados à Editora Appris Ltda.

Nenhuma parte desta obra poderá ser utilizada indevidamente, sem estar de acordo com a Lei nº 9.610/98. Se incorreções forem encontradas, serão de exclusiva responsabilidade de seus organizadores. Foi realizado o Depósito Legal na Fundação Biblioteca Nacional, de acordo com as Leis nos 10.994, de 14/12/2004, e 12.192, de 14/01/2010.

Catalogação na Fonte
Elaborado por: Josefina A. S. Guedes
Bibliotecária CRB 9/870

```
M647c      Miller, Ammy
2023          A casa das bromélias / Ammy Miller. – 1. ed. – Curitiba : Appris, 2023.
              124 p. ; 21 cm.

              ISBN 978-65-250-5014-0

              1. Ficção brasileira. 2. Amizade. 3. Aeronaves. I. Título.
                                                        CDD – B869.3
```

Editora e Livraria Appris Ltda.
Av. Manoel Ribas, 2265 – Mercês
Curitiba/PR – CEP: 80810-002
Tel. (41) 3156 - 4731
www.editoraappris.com.br

Printed in Brazil
Impresso no Brasil

A CASA
DAS BROMÉLIAS

Ammy Miller

FICHA TÉCNICA

EDITORIAL
Augusto Coelho
Sara C. de Andrade Coelho

COMITÊ EDITORIAL
Marli Caetano
Andréa Barbosa Gouveia (UFPR)
Jacques de Lima Ferreira (UP)
Marilda Aparecida Behrens (PUCPR)
Ana El Achkar (UNIVERSO/RJ)
Conrado Moreira Mendes (PUC-MG)
Eliete Correia dos Santos (UEPB)
Fabiano Santos (UERJ/IESP)
Francinete Fernandes de Sousa (UEPB)
Francisco Carlos Duarte (PUCPR)
Francisco de Assis (Fiam-Faam, SP, Brasil)
Juliana Reichert Assunção Tonelli (UEL)
Maria Aparecida Barbosa (USP)
Maria Helena Zamora (PUC-Rio)
Maria Margarida de Andrade (Umack)
Roque Ismael da Costa Güllich (UFFS)
Toni Reis (UFPR)
Valdomiro de Oliveira (UFPR)
Valério Brusamolin (IFPR)

SUPERVISOR DA PRODUÇÃO
Renata Cristina Lopes Miccelli

PRODUÇÃO EDITORIAL
William Rodrigues

REVISÃO
Débora Suaf

DIAGRAMAÇÃO
Yaidiris Torres Roche

CAPA
Eneo Lage

SUMÁRIO

A INFÂNCIA DE CIBELLE...7

MEGG...15

STEFANNY..20

A BELEZA DA AMIZADE..21

A REDENÇÃO DE LIARA..33

A CASA DE LIARA 43

A LUZ PRÓPRIA DAS ESTRELAS 45

O MILAGRE DE NICOLAS..55

SOBRE TUDO O QUE SE DEVE GUARDAR, GUARDA SEU CORAÇÃO........69

O DIVISOR DE ÁGUAS..83

LEANDRO E CIBELLE..87

ALGUNS ANOS DEPOIS..96

A GALÁXIA VIA VÍTREA 98

UM POUCO SOBRE AS TEORIAS DA EVOLUÇÃO E DA ORIGEM
DO UNIVERSO..105

A INFÂNCIA DE CIBELLE

Todas as espécies de vida do planeta terra dependem de variáveis e circunstâncias que não estão sob nosso controle; a natureza e tudo o que surgiu dela, está sob o controle de quem a criou. Há várias teorias para a criação do Universo, dentre elas uma grande explosão aconteceu e surgiu a matéria no vácuo do espaço formando as partículas, os prótons, os nêutrons, os átomos, as moléculas e a energia gerada, e por meio da interação entre elas, formaram as matérias, desde o micro até o macro. Quando pequena Cibelle imaginava que as galáxias nada mais eram do que uma substância que formava o corpo de Deus, assim como os átomos que formam moléculas que formam as substâncias, ela acreditava que a junção das galáxias que formam o universo, forma uma grande substância que compõe o corpo de Deus.

Por mais que os pensamentos de Cibelle façam sentido, a teoria de física quântica que explica o micro como as partículas, os átomos e as moléculas, não cabe dentro da teoria da relatividade que explica o macro como a rotação dos planetas e os sistemas solares do sol e demais estrelas nas demais galáxias do universo. Uma teoria não cabe dentro da outra, cada teoria explica coisas diferentes em escalas de tamanho diferentes até que se prove ao contrário, as duas teorias não se encaixam.

Dizem que os sonhos são premonições, e que Deus fala conosco de várias formas, por meio de sonhos, de alguma pessoa, de aparelhos eletrônicos, filmes, música, mas também fala conosco, principalmente da palavra de Deus, que é a bíblia.

Os céticos não costumam ler a bíblia, são pessoas que não creem que exista um ser divino ou um espírito superior que os inspire; não posso imaginar como seria tão bem resolvidas e confiantes as pessoas que nunca precisaram de algum tipo de apoio divino, ou mesmo que seja uma mentoria, que não acredite em um espírito protetor.

Algumas pessoas são tão desacreditadas, por alguma revolta ou por alguma filosofia que a idade a venha a instigar a pesquisar sobre, que Deus as mostra coisas sobrenaturais, como um simples milagre ou uma manifestação que vai além das explicações filosóficas ou religiosas. É natural que isso aconteça, pois estamos em tempos onde as crianças são educadas sem a presença divina ou de um mentor, a educação vem proveniente apenas da escola e dos pais.

Talvez algumas pessoas digam que os sonhos também são vaidades da vida terrena e mundana, que é tão breve como o sol que nasce e se põe trazendo o dia e a noite para todas as espécies por milhares de vezes. Quero lembrar-te algo simples da natureza que é por meio da velocidade em que a terra gira em torno do sol que o tempo é contado, submetendo assim todos os habitantes desse planeta que dividem em comum o mesmo tempo, e ao contrário do que muitos dizem, o tempo não é relativo. Todos nós compartilhamos o mesmo planeta com o mesmo céu, a mesma água e os mesmos alimentos e recursos que da terra tiramos, o mesmo planeta que gira em torno do sol, sempre na mesma velocidade, seguindo sempre a sua rota, cumprindo sempre seu papel, talvez até o papel mais importante para a vida na terra.

E seja qual for a classe social, a raça, o credo e todas as diferenças que nós mesmos impomos uns sobre os outros. O sol sempre estará lá e a terra para sempre estará girando em torno dele. Consequentemente, as mesmas horas, os mesmos minutos, os mesmos segundos que se estendem em dias, semanas, meses e anos. O tempo não se importa com os preconceitos humanos. Assim, bem como a natureza também não se importa com as vaidades.

Portanto, tudo é vaidade, toda a busca por fama, prazer, dinheiro, fortuna, competições, tudo é a mais mera ilusão de que estamos perdendo algo ou ficando para trás, por isso não podemos nos deixar levar pelas ilusões do mundo, ele nos cria desejos que às vezes não podemos satisfazer, que vão muito além das nossas necessidades verdadeiras e reais do dia a dia, nos tirando o foco daquilo que é mais importante para nossa vida.

As vezes tudo o que queremos é que nossos desejos se tornem realidade. Alguns são movidos pela felicidade, outros por necessidade. Em alguns momentos da nossa vida, nossa realidade é compatível com nossas aspirações e desejos, como alguém que nasce em uma família de ricos empresários e quer se tornar um empresário de sucesso, mas em outros momentos teremos que lutar muito para mudar essa realidade e conquistarmos esses sonhos, e então, com o maior sorriso do mundo, você contemplará o dia mais feliz de sua vida. Caminhando dia após dia em direção ao seu objetivo.

Uma garota quando pequena sonha em viver algum dia todos os romances que já leu na vida e tudo o que a cultura pop midiática tem a oferecer, Cibelle sonhava em conhecer o mundo e todas as maravilhas que a humanidade havia construído; sonhava com uma trajetória de descobertas e tinha uma necessidade individual de aprender sobre outras culturas, artes, literatura e estudava muito para que no futuro ela aprendesse a construir todas aquelas maravilhas que a enchia os olhos nos filmes e livros.

Sua mãe a esclarecia que havia escolhido muito cedo sua trajetória e que era apesar de todos os avanços culturais da época, engenharia era uma profissão masculina e elitizada. Ela era uma garota muito peculiar e apesar de ser discreta, exalava uma confiança que só a experiência de uma pessoa observadora e sensata havia conquistado. Sabia muito bem se defender e as suas notas eram as melhores da turma, ganhou essas habilidades sociais no bairro onde morava. No bairro de periferia, havia vários graus de violência, desde gangster armados disputando espaço até sádicas garotas que disputavam entre elas por estes gangsters armados. Cibelle era muito observadora e não participava disso, como se estivesse olhando a situação por cima meditando e tirando suas próprias conclusões sobre o mundo. Então, o seu refúgio era a escola e os estudos, era dentro do seu mundo que ela aprendeu a ser quem é.

Era de dentro do portão de casa, em sua escrivaninha em um apartamento simples na periferia de Hillstown, simples e minimalista que Cibelle quando criança escrevia sua própria história, estava se preparando para a vida lá fora. Era observadora e detalhista, ela aprendia tudo por meio do mundo da leitura. Ela lia livros de todos os tipos, sempre tinha consigo na mochila algum romance pra ler nas horas vagas, mas era tão discreta que ninguém percebia e só ela, os professores e sua mãe sabia de seus resultados na escola, em suas leituras ela visitava lugares e conhecia outras culturas que a impossibilidade financeira a permitia conhecer apenas por livros, ela imaginava que talvez, em algum dia no futuro, ela pudesse conhecer todos aqueles lugares, um por um, e viver as histórias que lia.

O sol entrava pela janela e clareava todas as tardes a sua escrivaninha que tinha um peixe em um pequeno aquário redondo do lado direito e uma pilha de livros no outro canto do lado esquerdo e em cima dos livros, uma margarida amarela que se banhava no sol morno das tardes e que se chamava Iolanda e quase não precisava ser regada. Às vezes Cibelle tinha que disputar lugar com seu gato Barnes que se esticava na escrivaninha para tomar sol junto com o peixe que se chamava Peixoto, e Iolanda era como ela chamava a Margarida, mas assim que Cibelle se sentava na antiga escrivaninha de madeira, ela colocava Barnes em sua caminha ao lado da escrivaninha e se juntava com seus amigos de tardes, Iolanda, a Margarida e Peixoto, o peixe para ler, as vezes ela lia em voz alta como se eles pudessem entendê-la e contava suas histórias preferidas para eles.

Peixoto parecia que entendia, ficava olhando para Cibelle e quando ela olhava de volta ele soltava bolhas de ar pela boca como se estivesse respondendo, era a forma que Peixoto tinha de se comunicar com Cibelle enquanto que Iolanda, a margarida, se comunicava estando sempre com as folhas bem verdes e vivas e as pétalas bem amareladas e sadias acompanhando o movimento do sol.

Por um lado, era muito bom ser criança em um bairro de periferia, era como se sua inocência fosse preservada pelas brincadeiras de rua e sua liberdade e segurança de andar livre pelo bairro fosse garantida por ser criança, mas os jovens e adultos não tinham a mesma sorte. Era uma vida preocupada com contas e dinheiro escasso, aumentando a criminalidade e violência. De fato, sabia que a pobreza era um fator importante que influenciava muito no aumento da violência e criminalidade do bairro.

Cibelle, com uma inteligência acima da média, percebeu isso ainda pequena, pois quando visitava a sua professora, prestava atenção em tudo, absolutamente tudo, e percebia que todos os filhos da professora eram graduados e formados com profissões estáveis, bem diferente das pessoas do bairro de onde veio, das pessoas com quem dividia o prédio de apartamentos onde ela morava que precisavam sobreviver com um salário mínimo e sustentar inúmeras pessoas da família com esse salário.

Foi então nesse contexto que entendeu que existem diferentes classes sociais e que algumas pessoas estavam dispostas a trabalhar para diminuir essas diferenças, como os professores de Cibelle, que acreditavam que uma boa educação e bons professores poderiam mudar o destino de muitos jovens da periferia e que lutavam para que nenhum aluno ficasse para trás, eram de uma classe de professores que quando um aluno estava faltando muito nas aulas, eles procuravam conversar com os pais ou visitar os alunos para tentar entender o que poderia ter acontecido e no que poderiam ajudar. Nenhum aluno ficaria para trás, todos deveriam ter acompanhamento de acordo com a necessidade de cada aluno, seja ela educacional ou material.

Quando criança, suas brincadeiras preferidas eram brincadeiras ao ar livre como pique esconde, pega-pega, não tinha aulas de instrumentos musicais ou cursos de idiomas, ela tinha apenas os livros que emprestava dos professores e da biblioteca da escola, assim ela era uma das melhores alunas da sala, ela disputava alguns campeonatos como de matemática e ciências, e ficava entre os primeiros, e sabia que para entrar na universidade e conseguir sair de lá com o diploma, ainda teria que ler muito, ainda teria que estudar muito e teria que sempre manter a humildade de se lembrar de onde veio.

Os pais de Cibelle eram separados, seu pai pagava uma pequena pensão que a mantinha com suas necessidades básicas e morava com outra família em outra cidade, e sua mãe trabalhava em uma indústria de alimentos; era só Cibelle e a mãe, algumas tias vinham visitar de vez em quando, traziam presentes, tinham longas conversas e eram conselheiras, outras moravam longe e em outras cidades, então se encontravam apenas no final de ano nas festas natalinas. Mas as que conviviam entre elas eram muito unidas, umas ajudavam as outras e assim a vida seguia de forma simples e modesta.

Sobre a moda, a mãe de Cibelle nem sempre podia comprar a última sandália da moda ou roupas da última estação, eram apenas roupas básicas e alguns vestidos para irem à igreja no domingo. Gostavam de dançar quando as tias dela se reuniam em jantares nos finais de semana colocavam uma música animada como Jazz, e inventavam passos e ensaiavam para se distrair e aliviar o stress do trabalho como se fosse numa outra época, gostavam das músicas animadas dos Beatles e Rolling Stones. Ela tinha uma tia que se vestia como hippie e se enfeitava como se fosse para um festival de Woodstock da sua época de juventude, e se vestia assim até para ir aos almoços dançantes no quintal ao som de rock dos anos 60 que elas organizavam, elas adoravam dançar e ensaiar passos de dança entre elas como se fossem apresentar em algum lugar, era uma tradição de domingo almoçarem juntas e ensaiarem seus passos. Elas sempre tinham muitas crianças e nem todas elas eram suas tias de verdade, algumas eram amigas da mãe de Cibelle que tinham filhos também.

A felicidade de Cibelle era nas coisas simples, como quando sua mãe trazia chocolate; ou quando fazia torta de limão no sábado, era quando chegava em casa e via da janela o pôr do sol mais lindo da cidade ou quando sua margarida desabrochava dentro de casa; era quando ela estava lendo o último lançamento da sua revista em quadrinhos favorita. Era olhar para o Barnes, seu gato, e coçar-lhe as bochechas; era olhar para o céu e identificar as constelações em dia de luar; eram as coisas mais simples e que não precisavam de companhia, apenas de contemplação.

Na infância, seus dias eram recheados com passatempos satisfatórios, e como sua mãe estava sempre trabalhando, ela ficava muito tempo sozinha em casa, então ela criava seu próprio mundo e seu próprio universo, dava vida aos objetos e conversava com cada um deles como se fossem animados, alguns tinham nomes como Iolanda, Peixoto e o Barnes, estava sempre lá com suas bochechas.

Barnes era o gato. Ele pulava e brincava o tempo todo quando não estava cochilando, ele tinha o pelo longo e amarelo com rajadas e o focinho achatado, Cibelle gostava de brincar com a comida levando o garfo de um lado para o outro enquanto Barnes, não tirando os olhos da comida, acompanhava o movimento do garfo com a cabeça como se estivesse hipnotizado, quando Cibelle se sentava ele pulava no seu colo e logo se aconchegava, quando ela chegava em casa ele miava se entrelaçando por entre as suas pernas e passando as bochechas em seu pé até receber carinho e um pouco de atenção, mesmo o seu potinho de água e comida estando cheios, ele passeava na rua com Cibelle, atravessava a rua e andava pela vizinhança toda, olhava a torta de frango esfriando na janela com os olhos brilhando, e ficava sentado na frente da máquina de assar frangos girando na rua debaixo junto dos cachorros. Barnes era um gato muito esperto e como sua dona, muito inteligente; era muito bonita a amizade entre Cibelle e Barnes.

Na vizinhança havia uma senhora que achava que Barnes era um gato de rua, que sempre perguntava de quem era o gato e se esquecia que era do prédio ao lado de tanto que Barnes olhava a sua torta. Quando Cibelle atravessava a rua para chegar em casa da escola, às vezes Barnes, que estava na vizinha, vinha correndo ao seu encontro e a senhora fazia sempre a mesma pergunta: "De quem é o gato gordo?". Cibele respondia: "É meu dona Maria, mas se quiser pode ficar." Em seguida, Barnes olhava para Cibelle com os olhos entre abertos de gato como quem queria dizer: "Eu entendi o que você disse para a vizinha, ok Cibelle?!". Barnes, o gato amarelo que parecia o Garfield, a única diferença era que ele não falava e não comia Lasanha, mas igual ao Garfield também gostava de assistir TV e tinha a sua própria poltrona na casa.

Um dia Barnes foi andar pela vizinhança e não voltou mais. Cibelle o procurou por um mês seguido, colou cartazes nos postes com a foto dele e o telefone de sua mãe, andou por todo o bairro, perguntou para toda a vizinhança, chamava todos os dias o nome de Barnes na escada do prédio para subir, mas os dias foram passando e as buscas foram perdendo força, até que um dia Cibelle parou de procurar, enquanto havia saudade de Barnes ela ainda tinha forças para procurar. Mas logo chegou a temporada de provas e ela precisava se concentrar porque tinha muitas atividades para fazer e o tempo foi ficando mais curto. Barnes, com o passar dos anos, já não era mais tão jovem e brincalhão assim.

A mãe de Cibelle disse que gatos não viviam por muitas décadas, colocou uma foto na geladeira de Barnes e disse que lhe daria outro gato, explicou que ele precisava descansar assim como todos os bichinhos que nascem, crescem e se vão nessa terra. Cibelle agradeceu, olhou a foto, lembrou-se com carinho do felpudo gato gordo e aceitou que ele tivesse ido embora:

— Ele foi embora para o céu dos gatos Cibelle, fique tranquila — disse a mãe de Cibelle com um olhar de ternura.

Desde que seu gato Barnes saiu para passear e nunca mais voltou, Cibelle não gosta de despedidas, até hoje quando os amigos se vão, ela prefere não se despedir, talvez isso demonstrasse que ela não tinha nenhum apego pelas coisas materiais, mas por quem está próximo ela tem muito apego e apreço por quem está por perto. Ela não tinha nenhum apego com as coisas de valor material, desde cedo sua mãe a havia ensinado que ela não poderia ter tudo o que queria, mas tinha muito apego pelo próximo, incluindo os animais, se importava com as pessoas como se importava consigo mesma, não conseguiria em hipótese alguma imaginar que alguém se afastaria por causa do seu comportamento, assim aprendeu cedo a cuidar muito bem de quem ela amava e dar muito valor para quem está próximo. Todos os dias ela surpreendia sua mãe, professores, ou as amigas com alguma delicadeza, pequenos gestos de gentileza.

MEGG

Para Cibelle, os dias estavam passando devagar, estavam quase entrando em uma infindável rotina da qual o final de semana com Megg e Stefanny na casa das Bromélias estava sendo a salvação para a rotina solitária de estudos de Cibelle no terceiro ano. Cibelle em algumas noites, durante os dias de semana, sentia uma insegurança, às vezes ela sentia medo e o medo dela era esquecer tudo o que ela tinha estudado, e que ela precisaria relembrar para sempre o conteúdo. Esse sentimento começou a acompanhá-la desde que precisou estudar sozinha no segundo ano. Às vezes ela contava para Megg e Stefanny sobre seu medo, e elas diziam que muita coisa que já tinham estudado elas tinham se esquecido também, e que talvez não teriam necessidade de lembrar de tudo, mas Cibelle dizia que precisava estudar tudo de novo para não se esquecer e era isso que seria aprender e que não queria de forma alguma se esquecer.

Então, falando sobre isso com Megg, ela se lembrou das palavras de sua avó e disse para Cibelle que aquela insegurança que ela tinha era a primeira manifestação do senso de responsabilidade com a sua futura profissão, ela antes não tinha desenvolvido essa preocupação, e ninguém a tinha dito, mas ela havia percebido isso sozinha e era muito bom que isso tivesse acontecido com ela, e que ela não precisava mais se sentir assim. Cibelle, encantada com as palavras de conforto de Megg, quis conhecer a vó dela e então combinaram de ir visitar a avó de Megg.

A avó de Megg, uma enfermeira aposentada, tinha sempre um chá para cada coisa; ela tinha uma casa enorme com um quintal cheio de flores, era um jardim imenso do qual ela dedicava suas manhãs para cuidá-lo, ela tinha um enorme carinho e cuidado com cada uma das plantas e flores ali plantadas, tinha também uma pequena fonte de água no seu quintal na qual os passarinhos quando a visitavam tomavam banho.

Quando as três: Megg, Stefanny e Cibelle foram visita-la, elas se sentaram no jardim rodeadas de lindas azaleias e roseiras, ao lado da fonte, enquanto comiam bolo de chocolate e tomavam suco, a avó de Megg lhes contava histórias, ela tinha muito o que falar e muito o que contar, mas Cibelle queria entrar no assunto da sua insegurança em esquecer tudo, elas tinham muito assunto para conversar as três, mas uma coisa ainda estava mal resolvida no coração de Cibelle, era sobre sua insegurança, por mais que ela não se esquecesse do que estudava, e ela não soubesse de onde tinha surgido esse sentimento, às vezes o seu coração era tomado pelo medo de que de uma hora para outra esqueceria todo o conteúdo.

Então Megg finalmente contou para a sua avó sobre o que Cibelle tinha lhe dito e disse que era um sentimento bom, porque ela estava transformando o seu medo em responsabilidade com as habilidades que ela iria adquirir ao longo da vida e essas habilidades lhe tornariam uma grande profissional, seja lá o que ela teria escolhido para ser.

Ouvindo isso a avó de Megg a olhou com um olhar de dúvida, pois ela não tinha se lembrado mais de ter dito aquilo para Megg e então ela olhou de volta com os olhos bem abertos e sua avó percebeu e disse:

— Ah sim, fui eu mesma que disse, já não me lembrava mais, vou ter que saber mais de você Cibelle, mas é isso mesmo o que a Megg te explicou, e afinal, você não é uma máquina ou um robô que tem todas as informações guardadas na sua memória, é para isso que inventaram os computadores, eles vão te auxiliar na sua jornada e sua vida profissional dependerá dele diretamente, pois tudo o que você precisar de conhecimento e informação, você pode confiar nos seus livros e nos seus arquivos, você é apenas uma menina ainda, não precisa se preocupar dessa forma, está fazendo a sua parte de forma formidável e é isso que importa, não tenha medo e não se preocupe, sempre terá suporte para isso quando precisar.

E assim que Megg com as palavras da avó convenceu Cibelle, e se aquele sentimento surgisse de novo ela a explicaria novamente. Então a avó de Megg disse à Cibelle que se ela pudesse, tentasse lembrar-se o que ou quem tinha lhe dito algo para ela se sentir daquela forma, para ela tentar se lembrar como e quando tinha surgido aquele sentimento.

A avó de Megg estava realmente orgulhosa das amigas de Megg, pois eram muito estudiosas e inteligentes, mas naquele dia ela se preocupou e perguntou à Megg se os pais de Cibelle eram muito exigentes. Megg disse que não, que os pais de Stefanny eram separados e que eles não eram muito exigentes. Cibelle tinha esse dom, a leitura tornou o estudo mais fácil para ela que se identificou com Cibelle, porque ela pensava da mesma forma. Quando morava em uma vila perto da casa de Cibelle e lá a violência e criminalidade eram muito altas por causa da pobreza e elas viam muita coisa acontecendo de errado lá, e que não era isso o que elas queriam para a vida delas e compartilhavam da mesma convicção. Já Stefanny era inteligente e estudiosa por incentivo dos pais, que eram professores. Sua avó entendeu então, e pensou que talvez alguma lembrança da infância dela tenha voltado à sua memória, e disse para Megg sempre ser um ponto de apoio para elas.

Era notável que Cibelle estava sofrendo com o afastamento de Bernardo, mas nem ela sabia, muito menos Megg e Stefanny poderiam imaginar, pois era apenas um grupo de estudos, mas na verdade aqueles garotos tinham se tornado melhores amigos. Mas não demorou muito para que Megg percebesse isso e comentasse com Stefanny. Depois de muito conversarem, Megg e Stefanny queriam conversar com Bernardo sem dizer nada que Cibelle não gostaria que elas dissessem pra ele, só conversar e tentar reaproximar os dois de alguma forma. Pelo menos em todos os finais de semana. Logo Stefanny começou a namorar com um dos garotos do clube, o Henrique, ele estava fazendo engenharia civil com Bernardo. Como Megg queria aproximar Bernardo e Cibelle, e Stefanny estava namorando com Henrique, então Megg teve a ideia de chamar os quatro para saírem juntos, era a oportunidade perfeita para a aproximação de Cibelle e Bernardo, mas Megg ficaria de fora, o que não era problema, pois ela não se importava.

Quase todos os finais de semana se tornaram assim, Megg era o cupido e fazia de tudo para saírem só Stefanny e Henrique, Cibelle e Bernardo, mas como Cibelle não tinha percebido a intenção de Megg de formar um casal entre Cibelle e Bernardo, Megg saía junto com eles, se ela não saísse com os quatro, Cibelle ficaria constrangida. A intenção de Megg era boa e ao longo do segundo ano, a melhora de Cibelle era notável, Megg estava muito feliz por isso, Stefanny sabia que tinham feito bem para Cibelle, ela não sentia mais aquela insegurança e não tinha mais a sensação de que estava se esquecendo de algo. Por mais que Cibelle não estivesse encontrando Bernardo para estudar, só pela companhia de Bernardo ela já se sentia bem mais segura de si, e a opinião de Bernardo era sempre importante para Cibelle.

E foi a solução que Stefanny e Megg encontraram para fazer Cibelle se sentir melhor. Ela começou a se arrumar mais e a se maquiar para saírem com Bernardo e Henrique, a beleza dela já era admirada por Bernardo, e com o passar dos encontros, ele percebia algo diferente nela, mas não sabia o que era, percebia que ela estava cada dia mais bonita e que algo estava a deixando mais atraente, o modo como arrumava o cabelo, com uma pequena trança em forma de tiara, as ondas e os grandes cachos dela estavam mais definidos, sua pele estava melhor e mais saudável com as maçãs do rosto coradas, seus olhos estavam mais bonitos brilhantes e destacados do que nunca com um delineado que ela passava e ele estava começando admirar por ter uma semelhança com o delineado dos olhos de um gato, sempre tinha algo de novo em que ela realçava e quando ele percebia, por alguns instantes parava de pensar e ficava apenas admirando, por alguns segundos, de início ela não percebia, mas quando ela notava, olhava para ele e o pegava de surpresa admirando cada detalhe dela e descobrindo que havia algo a mais em Cibelle, ele ficava sem palavras mas mantinha um sorriso de Monalisa quase imperceptível.

Megg não percebeu nada entre os dois mas percebeu a melhora significativa em Cibelle, e Stefanny também notava essa melhora, era bom que elas não percebessem o que estava acontecendo entre Cibelle e Bernardo, pois não era algo íntimo ou romântico, era apenas uma amizade que fazia bem, uma das melhores companhias, além de aulas gratuitas, e também somente eles poderiam interferir, eles lidavam bem com as piadas da turma em relação a amizade deles dois, pois sabiam de grande parte era só brincadeira e algumas vezes era imaturidade dos garotos.

STEFANNY

Stefanny escreveu seu primeiro livro na infância, seus familiares sempre a incentivavam a ler, achavam que ela passaria em uma universidade concorrida ou em um curso concorrido assim. Durante toda a sua infância, sua mãe lhe dava livros e lhes pedia para fazer resumos, assim ela ganharia um prêmio por ter lido todo o livro e o interpretado e feito o resumo. Os prêmios eram brinquedos, roupas da moda, sapatos, bolsas, passeios, ela comia o que queria e ia onde queria contanto que entregasse em dia o resumo dos livros, que ao passar dos anos, eram cada vez com páginas mais numerosas. Certo dia ela estava lendo um livro ao lado da lareira da casa e viu algo na chama.

A família de Stefanny era católica, assim como a família de Cibelle, mas como a família de Megg era evangélica, elas tinham longas conversas sobre filosofia, e perguntas de como era a vida após a morte, o que acontecia com o nosso pensamento depois que morríamos, nossa alma, e se tínhamos espírito, e como a família de Megg lidava com a presença de espíritos nos centros espíritas onde suas tias frequentavam. Ela dizia que na religião delas, elas tinham que estar muito com Jesus, seguir o evangelho e fazer muita caridade, pois os nossos pecados e carmas só seriam pagos e se tornariam positivos com muita caridade.

No dia em que um elemental conversou com Stefanny ela estava triste, pois havia acabado de perder um de seus animais de estimação, ela lia seu livro sentada ao lado da lareira naquele fim de tarde frio de inverno. O seu gato havia comido a cacatua dos moradores ao lado, ele teria ficado muito bravo e deu veneno ao seu gato enrolado em um bife. O gato não resistiu a intoxicação e morreu.

A BELEZA DA AMIZADE

A amizade ainda continua sendo o mais belo e sublime dos sentimentos humanos, ela nos capacita para os desafios da vida nos dando forças para superá-los e a certeza de que não estamos sozinhos, e que quando precisamos é aos amigos que recorremos, a amizade é nossa fonte de alegria e bem-estar, é com verdadeiros amigos que nossa vida caminha para o lugar certo.

Cibelle havia se mudado poucas vezes de escola, quando ela estava na quinta série, quando se mudou foi para uma escola com o ensino mais rígido, era um colégio de freiras, mas os professores não eram religiosos. Fez amizade com duas garotas que sentavam ao lado, a Megg e a Stefanny. É muito fácil fazer amizade com quem compartilha das mesmas afinidades, e todas as três gostavam das mesmas leituras.

Megg e Stefanny eram boas em literatura e idiomas, enquanto que Cibelle era boa em matemática, assim uma ajudava a outra onde elas tinham mais dificuldade. Megg tinha uma pele bronzeada e os cabelos dourados do sol, as maças do rosto e a superfície do nariz onde pegava sol era respingada com pequenas manchinhas castanhas, tinha olhos verdes e ondas nos cabelos que eram compridos e chegavam até a cintura. Stefanny tinha os olhos e cabelos castanhos bem escuros, a pele era branca e pálida, seus olhos eram grandes e amendoados como se ela fosse descendente de asiáticos, seus cabelos eram compridos também até a cintura, enquanto que Cibelle era ligeiramente morena, olhos azuis e cabelos escuros e ondulados até a metade das costas.

Em uma tarde depois da aula, as três estavam voltando para a casa quando Megg contou que tinha visto uma perseguição policial perto da sua casa, ela morava um bairro atrás do bairro de Cibelle, disse que ao ir para a escola logo de manhã, tinham helicópteros sobrevoando a região e que tinham alguns policiais que estavam procurando pessoas que tinham acabado de assaltar um supermercado, eles usavam máscaras de enfermaria no rosto para não serem reconhecidos, e disse que sua mãe estava no supermercado bem na hora do acontecimento, chegaram invadindo e gritando para todos deitarem no chão, enquanto um deles colocava as sacolas de dinheiro dentro do carro, estavam armados com armamento pesado como se fossem metralhadoras, Megg contava como se Cibelle fosse ficar espantada, realmente era uma ótima história, mas Cibelle já estava acostumada com assaltos na região da sua casa, já a Stefanny, que morava em um bairro de classe média perto do centro da cidade que era um distrito central, estava de boca aberta, ela não parava de fazer perguntas se tinha acontecido alguma coisa com a mãe de Megg, mas graças a Deus não fizeram nada com os clientes, só levaram o dinheiro do caixa e o dinheiro do cofre. Muitos assaltos aconteciam naquela região.

Para Stefanny sempre era uma aventura escutar as histórias de Megg. Entre uma história e outra, Cibelle, que também presenciava muita coisa no seu bairro, também tinha sempre alguma história emocionante para contar, como no dia em que prenderam de uma vez todos os integrantes de uma gang que estavam fazendo uma festa para vender drogas, a polícia invadiu o local e prendeu todos de uma vez, Cibelle até contou que uma amiga dela também tinha sido presa durante a festa, ela estava com um namorado novo e não sabia que ele estava armado também e ela só de estar na festa e com ele também tinha sido presa.

Cibelle contou que a amiga dizia que foi presa, que o namorado dela não a amava pois ele dava para ela dirigir carros roubados sendo ela menor de idade e não tendo habilitação, e dizia que sabia que a prisão dela iria acontecer, pois ele sempre a levava para o mal caminho, Cibelle tentava muito explicar para ela que aquilo não era amor e que ela estava sendo usada por ele sem nenhuma empatia, mas ela não quis ouvir e logo a fatalidade se concretizou, foi presa e logo veio a notícia que estava grávida, Megg e Stefanny disseram que definitivamente não era aquilo que elas queriam para a vida delas.

Não era só essa amiga que morava no mesmo prédio que Cibelle tinha perdido por causa da criminalidade do local de onde ela morava, mas outro vizinho que morava no seu prédio também havia sido preso por contrabando de bebidas e cigarros. Stefanny escutava tudo e achava que Cibelle e Megg eram muito corajosas, e se impressionava como elas não tinham medo de andar por lá sozinhas, Cibelle sempre explicava que era seguro andar por lá e que não precisava ter medo, era só não fazer as mesmas coisas que eles e se puder não fazer amizade com eles, melhor. Mas Stefanny não acreditava que elas poderiam ser tão inteligentes e bem instruídas e ao mesmo morando tão perto de sexo, drogas e rock 'n roll, então foi quando Megg disse à Stefanny que ela estava com preconceito, disse à ela que nem todas as pessoas que são humildes são fora da lei ou são perigosas ou libertinas, e essa conversa foi longa.

-

Megg disse à Stefanny que ela não podia pensar que todas as pessoas que eram pobres estavam condenadas a ter o futuro interrompido ou a ter uma vida sem expectativa, disse que nem todas as pessoas que passam dificuldades perdem as esperanças e se entregam nessa essa vida, disse também que a pobreza não está só na falta de bens materiais, mas também na falta de espírito e empatia das pessoas, está na falta de esperança e persistência e que nem todas as pessoas que são pobres abrem mão do seu trabalho para tentar a sorte em uma vida de aventuras. E que, na verdade, a maioria das pessoas ali preferem trabalho árduo mesmo com um salário baixo no fim do mês.

Toda vez que Megg começava uma história de aventura, Stefanny ouvia como se fosse um filme de ação que Megg teria assistido e descrito com os mais ricos detalhes, e não algo real que tivesse acontecido mesmo e próximo da sua casa, era uma realidade paralela da qual Stefanny não tinha experimentado, e desde que conheceu Megg, ela então abriu os olhos para perceber que existem outras realidades além da sua e que por mais que ela esteja protegida dessa exposição, ela começava a entender as diferenças sociais e como havia uma enorme desigualdade de distribuição de renda e as diferenças culturais, então Stefanny começou a trocar a leitura de romances pela literatura de ação.

Stefanny encomendou pela internet um livro novo, o livro era de ação sobre uma operação que teve quando o Brooklin ainda era uma comunidade pobre de Nova York. Havia muitos bandidos e eles estavam disputando território entre si, a região era muito frequentada por jovens boêmios que queriam se divertir, dançar e apresentar suas bandas. Vendo todo esse movimento, um terrível procurado queria dominar a região e fazer fortuna sem pagar os impostos, então começou a sondar a região e, misteriosamente, alguns frequentadores e comerciantes começaram a desaparecer. E então a polícia tinha um longo trabalho pela frente, o de encontrar os desaparecidos, e de encontrar o terrível bandido que estava frequentando a região que era pacífica e bem frequentada antes de ser observada pelo terrível procurado.

Cada capítulo que lia, contava para Megg e Cibelle, toda a vez que Megg entrava no assunto, já que o bairro de Cibelle já havia sido pacificado pela polícia e todos os procurados da região haviam sido presos, Megg já não tinha muitas aventuras policiais para contar, então Stefanny ganhou espaço com as histórias de suas leituras e cada vez mais eram sobre isso. Até que Stefanny começou a escrever sobre. Ela escrevia páginas e páginas e sua imaginação simplesmente fluía, sua criatividade estava sendo influenciada por esse tipo novo de leitura e pelos relatos de Megg e Cibelle.

Então Stefanny escreveu um livro de ficção que sua mãe publicou em uma pequena editora, na época o interesse da mãe de Stefanny não era vender e ganhar dinheiro com a história de ação da filha e de suas amigas, mas a intenção de publicar era dar um prêmio a Stefanny por ela ter escrito muito bem uma história com uma gramática impecável e ter terminado. Então a mãe de Stefanny procurou uma pequena editora e publicou o livro como um incentivo a Stefanny.

As garotas então passaram a dizer que Stefanny subiu de nível, passou de leitora para escritora. Cibelle, que já havia lido muitos assuntos em sua vida, não perdeu o foco nos estudos de matemática, e Megg estudava mais idiomas, ela se matriculou em aulas de italiano e francês. Depois que Stefanny escreveu e publicou o seu livro, ela logo voltou a ler romances.

No ensino médio, Cibelle mudou-se de escola e teve que se afastar de Megg e Stefanny, mas elas ainda se encontravam na praia aos sábados e depois iam ao parque. Cibelle se mudou para uma escola que não tinha biblioteca, não tinha onde ela emprestar livros, logo a diretora da escola fez uma campanha de arrecadação e receberam doações de diversas empresas e instituições, então a escola se encheu de riqueza intelectual.

Um dos alunos da escola era um garoto superdotado com habilidades em física e matemática também, não demorou muito para que Cibelle percebesse essa habilidade, não por ele se esconder atrás dos livros e passar as tardes na nova biblioteca da escola, pelo contrário, ele era do tipo atlético que passava as tardes treinando, mas um dia ela estava na biblioteca estudando e viu que ele emprestou um livro extremamente complicado para um aluno de ensino médio, era um livro de engenharia, tinham esses livros universitários na biblioteca justamente para isso, para que os alunos se preparem para o ingresso na universidade.

Cibelle voltou todos os dias na biblioteca no mesmo horário e esperou para que o garoto aparecesse, ela queria perguntar porque ele tinha emprestado um livro tão complicado, mas ele não apareceu mais, então ela imaginou o lógico, que ele estava terminando o ensino médio e estagiando em algum escritório de engenharia, ou que algum colega mais velho teria lhe pedido emprestado o livro, algo do tipo.

Ele tinha gerado uma expectativa nela, ela queria conhecê-lo e saber o que mais ele estudava e com quem, pois estudar sozinho é muito difícil, mas ter um professor orientando não se perde o foco tão rápido e afinal, era também o que ela estudava, na verdade era a finalidade para que ela estava se preparando para estudar, engenharia. Já faziam quinze dias que Cibelle prestava atenção em quem frequentava a biblioteca e nada do rapaz aparecer. Ela tentou procurar no banco de dados da biblioteca quais eram as pessoas que tinham emprestado livro de exatas nos últimos quinze dias. Nayara era a garota que fazia o registro de quem emprestava os livros, ajudou Cibelle a acessar o banco de dados e lhe deu o nome do rapaz. Ainda bem que Nayara era amiga de Cibelle, já que Cibelle praticamente morava na biblioteca e a frequentava todos os dias, Nayara que já tinha uma certa liberdade com Cibelle, disse:

— Com certeza você está apaixonada pelo garoto admita, quantas vezes você pensou nele nesses últimos dias?

Cibelle respondeu:

— Eu preciso de alguém que estude comigo nessa última etapa da minha preparação antes de entrar para a universidade, alguns conteúdos são simplesmente impossíveis de entender sozinha, preciso de mais um cérebro pensando comigo, às vezes é muito difícil me concentrar, meus pensamentos voam livre relembrando todas as histórias que já li, preciso conversar com alguém sobre o assunto, e é isso!

Nayara convencida com sua resposta acreditou, pois, de fato encontrar alguém para conversar sobre números, problemas de matemática e equações que não seja um professor ou professora, era raro.

Naquele dia, Cibelle chegou em casa muito feliz. Ela subiu correndo as escadas do prédio, entrou em casa cantando alto, esperou sua mãe na sacada e quando sua mãe chegou, Cibelle contou para ela, sua mãe riu agradecida porque não aguentava mais Cibelle perguntar coisas para ela sobre números da qual ela não sabia responder. No jantar ela falava tanto que parecia que era um almoço de domingo com as amigas.

Depois do jantar, ela pesquisou o nome dele nas redes sociais na internet e o encontrou no facebook. Mandou um convite, e ele como estava com o celular na mão, aceitou na hora, ele viu no perfil do facebook que eles estudavam na mesma escola. Demorou alguns minutos e ele mandou uma mensagem. O nome dele era Bernardo, ele não lembrava se já tinha visto ela na escola e então mandou uma mensagem, dizendo:

— Olá! — E ficou esperando, quando a mensagem chegou ela contou até dez e respondeu com um simples: — Olá! — novamente.

Ele respondeu:

— Vi que você estuda na mesma escola que eu, mas não me lembro de qual ano você é — ele disse:

— Sou do primeiro ano, te vi na biblioteca emprestando um livro de introdução a engenharia. — Ele ficou constrangido pensou que fosse mais uma garota do primeiro ano apaixonada, mas educadamente agradeceu que ela o tenha notado e se despediu.

Cibelle dormiu, no outro dia foi para a aula, era uma terça-feira e como de costume, ela foi estudar na biblioteca a tarde. Quando ela chegou, a primeira coisa que fez foi contar para a Nayara que havia enviado um convite para ele no facebook. Cibelle todos os dias chegava na biblioteca, falava com Nayara, procurava um lugar, e estudava o conteúdo que tinha acabado de aprender pela manhã na aula e depois estudava o conteúdo da próxima prova, assim ela fazia todos os dias e no fim da tarde ou durante a noite ela se deixava livre para ler sobre o assunto que quisesse.

Certo dia no fim da tarde, ela já tinha terminado de estudar o conteúdo e então resolveu estudar um livro de introdução a engenharia, sem perceber ela pegou o mesmo livro que Bernardo tinha emprestado, ela voltou para o seu lugar e começou a ler o livro e teve uma dúvida sobre o que estava lendo, então ela anotou a dúvida no seu rascunho para pesquisar sobre, Bernardo entrou bem na hora na biblioteca e Cibelle estava em um lugar que dava pra ver a porta, ela ao ver ele entrando automaticamente fechou o livro e o escondeu embaixo dos outros livros e abriu um livro sobre outro assunto, ele não percebeu que ela estava lá no primeiro momento mas depois que tinha ido até o corredor da sessão onde o livro que ele estava procurando, e achado o livro, ele resolveu andar pela biblioteca e a encontrou.

Bernardo sentou-se ao seu lado e perguntou se ela se chamava Cibelle, ela disse:

— Sou eu mesma, e você é o Bernardo, o garoto que emprestou o livro de exatas.

Bernardo ao primeiro momento teve a primeira impressão que ela queria entrar para o clube de matemática ou algum clube de exatas, mas ele não participava de nenhum e então perguntou para ela se ela queria entrar mesmo não tendo nenhum grupo do gênero que ele saiba. Cibelle disse sorridente que sim. Bom. Cibelle já tinha encontrado o garoto e o conhecido, já tinha o contato dele e já estavam planejando estudarem juntos, até aí tudo certo, tudo correndo conforme o esperado, o problema era que não havia grupo de estudos. Bernardo tinha dito para ela porque tinha a intenção deles estudarem juntos, então ele teria que montar o grupo.

Cibelle perguntou a que horas era as reuniões e que dia, Bernardo disse que não tinha certeza da data e que iria consultar com os outros participantes qual o melhor dia para a próxima reunião, mesmo sabendo que não havia ainda outros participantes. Cibelle agradeceu o convite, Bernardo se despediu e saiu da biblioteca.

Então, quando Bernardo saiu da biblioteca, montou um grupo no WhatsApp com várias pessoas, cerca de 15 colegas, ele adicionou todos e explicou a situação para os amigos, disse que tinha chamado uma garota para um grupo de estudos de introdução a engenharia e que precisaria da ajuda dos amigos para comparecerem nas reuniões e fingirem que são o grupo de estudos. Os garotos reclamaram muito:

— Como você pode nos meter nessa... Quem aqui gosta de matemática e quer estudar matemática?!... Por que iriamos estudar matemática com você e sua namorada?!... Geralmente os garotos normais chamam garotas normais para sair e não para participar de um grupo de estudos cheio de garotos do terceiro ano e com uma garota do primeiro ano?!... — Mas mesmo assim eles fizeram esse favor e combinaram de participar do novo clube.

Depois que todos já tinham concordado em participar, eles tinham um novo problema, apenas Bernardo tinha estudado introdução a engenharia, os outros não tinham a mínima noção do conteúdo. Bernardo perguntou a eles se teriam algum conhecido que fazia engenharia civil para acompanha-los. Como nenhum deles conhecia e não gostavam de matemática Bernardo teve que ser o mentor do grupo.

Ele montou um cronograma de estudos organizando cada conteúdo que seria estudado para depois ser discutido na reunião. Passou horas pesquisando artigos na internet o mais didático possível por causa do nível dos garotos e separando em etapas do menos complexo para o mais complexo, assim organizou conteúdo para o mês inteiro, marcou reuniões, uma por semana, cada uma tinha um conteúdo que era um capítulo do livro e mais alguns artigos de esclarecimentos, mas não sabia elaborar exercícios e atividades, de início já estava bom.

Então, Bernardo com o conteúdo e o cronograma já prontos, falou com um dos professores de matemática e um dos professores de física, eles disseram que não teriam tempo para estarem presentes nas reuniões, mas que entrariam no grupo e enviariam mais conteúdo e tirariam as dúvidas. Pronto. O grupo de estudos estava formado e bem estruturado. Agora só faltava combinar a primeira reunião e convidar Cibelle.

Bernardo mandou mensagem para ela e perguntou se ela poderia ser adicionada ao grupo, ela disse que sim, então ele adicionou e no grupo combinaram as datas. Foi a melhor coisa que aconteceu na vida de Cibelle e Bernardo. Eles abriram espaço para Cibelle ensinar tudo aquilo que sabia já que os outros garotos eram apenas convidados. Cada vez mais a nota em exatas dos garotos aumentava, alguns até diziam que também tinham começado a aprender e a gostar de matemática, outros ainda se revezavam e estavam ali mais por Bernardo, mas mesmo assim aprenderam muito, e o ano letivo seguiu nessa rotina.

A amizade que Cibelle e Bernardo tinham construído ao longo do ano era muito bonita, eles sabiam que estavam fazendo algo de bom para eles e também para os amigos. Os professores que os dava suporte, os cobria de elogios e diziam que eles eram os melhores alunos até então. E ao final do ano, nenhum deles tinha desistido do clube, por mais que algumas faltas tivessem ocorrido. Então, no final do ano, se reuniram para a festa da escola. Bernardo e os outros garotos iriam se formar e finalmente entrar para a universidade, e Cibelle iria continuar estudando na mesma escola, mas talvez o clube de matemática acabaria.

Então na festa do terceiro ano como o clube de matemática estaria lá, Bernardo convidou Cibelle para ir à festa. Ao invés de pensarem que Cibelle era uma integrante do clube de matemática, pensavam que eram amigos que estudavam juntos já que Cibelle era a melhor aluna do primeiro ano, e então perceberam que ninguém sabia muito bem do clube e resolveram manter em segredo para que não chegassem novos convites e para que também o clube não acabasse no final do ano. Resolveram então dar um nome para o clube, marcaram uma reunião só para discutirem sobre isso.

Escolher um nome para o clube não era fácil porque cada um tinha pensado em vários nomes, e até chegarem em uma conclusão seria complicado. Depois de longas horas conversando entraram em um acordo e decidiram que o nome seria Clube Portini. Não foi pela sonoridade e nem por alguma piada interna, era simplesmente o sobrenome de Bernardo, Bernardo Portini, ele era o organizador do clube e tudo o que os amigos haviam aprendido era ele quem tinha ensinado, e sua fiel ajudante Cibelle, se os garotos tinham melhorado suas notas em 80% foi porque Bernardo os ensinou a criar o hábito de estudar e isso resultou no aumento da nota dos garotos em todas as outras disciplinas. Então nada mais justo que o nome do clube ser Portini. Bernardo não concordou nem um pouco, disse que não queria e que não se sentia bem e que todos contribuíram no clube, e os mentores eram os professores. Mas os colegas não abriram mão, eles estavam realmente agradecidos pela iniciativa. Os estudos tinham mudado a vida deles, muitos nem sabiam se iriam entrar para uma universidade, iriam arrumar algum trabalho por aí mesmo, mas antes de acabar o ano, todos já haviam sido aceitos em ótimas universidades. Portanto, Portini era oficialmente um clube.

Agora teriam que repensar o tema do clube, pois nem todos os garotos tinham escolhido o mesmo curso, o foco de Bernardo era engenharia, mas os outros só queriam aprender mais sobre matemática, química e física. O novo tema era a próxima escolha. Bernardo queria que o clube continuasse com o mesmo tema para os próximos alunos, mas com outro nome e também para que Cibelle continuasse com o foco até o último ano e se preparasse. Cibelle disse que não seria um problema ela estudar sozinha ou montar novos grupos de estudos e que várias pessoas faziam a mesma coisa na escola, o importante era manter a amizade.

O problema é que levaram a sério a história de fundarem um clube de verdade com o nome de Portini e queriam mantê-lo, de certa forma alguns dos garotos tinham medo de perder a amizade conquistada ao longo do ano e queriam manter o contato. O clube se mantinha ao todo com 15 integrantes, incluindo Bernardo e Cibelle. Os outros 13 integrantes eram garotos do terceiro ano, que treinavam ou estudavam com Bernardo. Dentre eles, Bruno era o melhor amigo de Bernardo, Jimmy que era vocalista de uma banda, Fernando o amigo de infância que morava no mesmo bairro que Bernardo, Rafael o campeão de vídeo game, Marcos o contador de piadas, Gilberto o desenhista, além de Hiago, Joel, Henrique, Fábio, Vinícius, Nicolas (Nick) e Leandro que treinavam juntos futsal na escola, foi assim que se conheceram e ainda mantém o hábito de combinarem e jogarem futebol nos finais de semana.

Eram todos garotos que viviam fazendo piadas uns com os outros e aprontando em festas, mas no clube eram simplesmente estudantes concentrados, cada um escolheu um curso diferente na universidade desde direito até cursos como física, química, biologia. Bernardo, além de Hiago, Henrique, Joel e Michel, escolheram engenharia. Cada um para o seu caminho e sua nova jornada e com seu novo ciclo de vida. Na vida sempre temos fases que são como ciclos a completar, são como se fossem abertos círculos e ao completar a volta para que esse círculo se feche, um novo círculo é iniciado, mas nunca podemos iniciar outro círculo sem ter fechado o anterior, e quando fechamos um círculo e nos preparamos para iniciar um novo, temos que agradecer e nos despedir com compreensão, aceitação e muito carinho pela conquista, mas Cibelle e Bernardo não estavam prontos para fechar esse círculo e iniciar uma nova jornada, era natural que Bernardo e os outros garotos estivessem ainda apegados a vida antiga e, por mais empolgados que estavam, ainda tivesse uma parte de seu coração que não quisesse desapegar do clube.

O clube Portini, então, não se prolongou e ao passar do tempo, ao longo do segundo ano de Cibelle, ele foi esquecido. Bernardo então com novos conteúdos bem mais complexos para estudar e outros garotos com uma nova direção a seguir conforme a escolha individual de cada um. Mas sempre lembrando que tinham uma gratidão imensa por Bernardo e pela sua iniciativa e era esse o motivo por quererem manter o clube. Então, por mais que as reuniões não acontecessem mais e cada um tivesse tomado o seu rumo, eles seriam para sempre o clube Portini.

A REDENÇÃO DE LIARA

Quando Stefanny fez aniversário, a sua mãe fez uma festa muito grande, chamou todos os amigos e familiares, incluindo a sua irmã Liara, que havia acabado de sair da penitenciária. Ninguém sabia quem ela era, apenas viam aquela moça quieta no canto da porta de jaqueta e calça jeans, e quase não percebiam a presença dela, pois ela não parecia tímida, parecia uma moça séria e centrada. Ela fazia parte de uma gang que havia cometido vários crimes, incluindo golpes de estelionato, se passando por várias pessoas na compra e venda de imóveis de luxo e outros bens. Em um desses golpes ela se passou por uma herdeira milionária de uma fábrica com produtos em mais de 50 países. A gang da qual ela fazia parte usava técnicas de imitação especializadas e assinaturas falsificadas, mas depois de uma longa investigação e uma extensa lista de acusações, eles foram todos presos, e então pegou muitos anos de prisão e depois saiu da penitenciária feminina de Hillstown, e conseguiu liberdade em condicional próximo ao aniversário da sobrinha Stefanny. Ela era uma mulher de poucas palavras, mas como todas as pessoas ficariam felizes em sair da prisão, voltou para sua casa e saiu para comprar um presente para a sobrinha, ela iria comprar um livro, pois sabia que Stefanny adorava ler, mas achou que ela ganharia muitos livros de presente e então decidiu comprar uma caixa de música.

Quando ela foi pega, a gang da qual ela fazia parte havia se desmanchado, alguns que conseguiram escapar fugiram para os países da América Central, os outros foram separados e cada um foi transferido para uma unidade diferente para que não tivessem contato um com o outro. Liara ficou então sozinha, sem comparsas, não que isso a atingisse de alguma forma, ela sempre foi calada e solitária. Ela não parecia que era da família de Stefanny, cheia de regras de etiqueta de jantares alegres e cultos evangélicos os domingos de manhã, ela não sentia rancor nem amargura, não sentia dor, mas ela tinha uma revolta do mundo, na qual não tinha motivos, pois era privilegiada com uma família maravilhosa e muito próspera. Todos, por diversas vezes, consultaram psicanalistas para saberem se havia acontecido algo que não soubessem, mas tudo indicava que era apenas os traços de personalidade dela.

Durante o aniversário, enquanto todos estavam conversando e brincando, ela se mantinha de pé escorada em uma das portas com um copo de whisky em uma mão e a outra mão no bolso da jaqueta como uma figurante ali na festa, enquanto todos estavam se divertindo e conversando, Megg chegou a perguntar quem era a esquisitona, e Stefanny respondeu que era a sua tia, e que não era para fazer contato visual com ela e que ela poderia ser grossa com Megg, mas não disse nada sobre o passado da tia. Megg muito curiosa em conhecer aquela mulher, serviu um copo de refrigerante e se escorou com o pé na parede ao lado dela, ignorando a recomendação de Stefanny de ficar longe... E começou a conversar.

— Olá, sou a melhor amiga da Stefanny, ela disse que você está se mudando para a cidade agora. — E esperou a resposta se segurando para fazer um milhão de perguntas.

Liara esperou cinco segundos e respondeu, ela sempre fazia isso, era uma forma dela pensar na resposta antes de responder e assim não dizer algo do seu passado ou algo que não seja adequado.

Stefanny muito ocupada dando atenção para todos os convidados da festa não percebeu que Megg estava conversando com Liara, que na verdade só ouvia, ela olhava para Megg e balançava positivamente a cabeça como se estivesse prestando atenção e muito interessada pelas histórias de Megg, que não percebeu que Liara não estava interessada em uma palavra que ela dizia. Megg contou como havia conhecido Cibelle e Stefanny na escola e contou todas as aventuras que já aprontaram juntas e falou sobre Stefanny. Megg muito inteligente, por mais que não tenha seguido a instrução de Stefanny de não fazer contato com Liara, ela teve o cuidado de não fazer perguntas. Sem perguntas ela não intimidaria ou despertaria o lado obscuro de Liara. Essa foi a única regra que ela mesma estabeleceu para se aproximar de Liara. Sem perguntas!

Duas semanas depois do aniversário de Stefanny, as três foram a um café e Megg contou a conversa, na verdade o monólogo, pois só ela falava com Liara. Stefanny um pouco brava por Megg não tê-la ouvido, contou todo o passado de Liara para Cibelle e Megg que ficou fascinada, pelo motivo dela não ter medo e ter viajado o mundo inteiro. Stefanny mostrou as redes sociais de Liara e toda aquela ostentação com luxo, viagens, cruzeiros encheu os olhos de Megg, que de alguma forma queria participar daquela vida de aventura. Então, chegando em casa, Megg adicionou Liara nas redes sociais, esperou alguns dias e sem retorno ela contou para Stefanny que disse que Liara foi detida por vários crimes e não estava nem um pouco interessada em fazer amizade com as amigas adolescentes da sobrinha dela, e que ela não estava a ignorando ou a rejeitando, mas que ela tinha muita coisa a resolver em sua vida e não tinha tempo para novas amigas.

Não contente e satisfeita com a resposta, Megg pensou em como se aproximar de Liara sem que Stefanny soubesse. Mas era muito difícil se aproximar de Liara, quase impossível, não era como qualquer outra garota que havia conhecido em uma festa e trocado redes sociais, e que em um convite para passear no shopping já fariam amizade fácil. A situação era outra, era outra pessoa, muito complicada em toda a sua complexidade e um péssimo exemplo para as sobrinhas mais novas.

Até que certo dia, Megg já havia até esquecido, elas estavam na casa de Stefanny conversando e confeitando cupcakes, e Liara resolveu ir visitar a irmã, mãe de Stefanny. Megg já havia desistido de se aproximar de Liara quando ela apareceu. Liara vestia um jeans e uma jaqueta como sempre. Chegou sem avisar na casa da irmã que a recebeu e a tratou como se o passado dela fosse limpo como das outras irmãs, a mãe de Stefanny era Cristã e era do tipo de pessoa que não julgava as outras, mas acolhia e as aceitava apesar de todos os seus defeitos e como Liara já estava pagando pelos seus crimes e parecia que estava decidida a começar uma nova vida, ela resolveu apoiar.

Levou-a para a cozinha onde as garotas decoravam cupcakes e conversavam, preparou um cappuccino para tomarem o café naquela bela tarde no jardim, o sol estava brilhante, o vento estava fresco, desde a sua liberdade tudo parecia mais bonito, desde as pétalas das flores que pareciam ter mais cores, até o céu que parecia mais azul, ela olhou em volta com um sorriso de Monalisa, tudo parecia perfeito, cada segundo ali ao lado das irmãs e das sobrinhas era equivalente a um segundo no paraíso comparado ao pesadelo de uma prisão, Liara emocionada ao ver a cena de sua família bem e feliz, e aquelas garotas tão esforçadas em fazer tudo certo, que teve uma ideia, um presente para as três garotas, uma chave.

Dentre meninas conversando sobre receitas de doces e sobre os garotos bonitos e outros assuntos sem relevância, mas que despertavam muitos sorrisos, Liara se esqueceu por algumas horas de seus problemas, parecia que estava imersa em outra realidade em que não fazia diferença o seu passado e ninguém, em hipótese alguma, estava a discriminando por isso ou a tratando com diferença por mais que soubessem de tudo.

Ela sentou-se no jardim com a mãe de Stefanny que mantinha a grama sempre verde e aparada, e as roseiras sempre cheias de flores, e pensou em como sua vida poderia ser diferente se voltasse no tempo, alguns anos atrás, em alguns momentos passava pela cabeça dela o tempo que estava na prisão com todas aquelas outras mulheres com a vida perdida pelos erros. E comparava que ela poderia ter evitado de ter entrado naquele lugar que a contaminou com anos de influências negativas e reforçou ainda mais a sua revolta com o mundo, enquanto ela poderia estar em um belo jardim como aquele, ou fazendo qualquer outra coisa.

Apenas a sua irmã sabia o que se passava pela cabeça dela, e ela sabia que o seu silêncio era bom, pois ninguém precisava saber do que ela tinha passado e saber dos erros que a levaram a passar tanto tempo em detenção. Quando a família se reunia, ela era convidada sem exclusão, todos queriam o bem de Liara e estavam dispostos a apoiarem ela a mudar de vida. A família de Stefanny era cristã, seu pai era daqueles músicos cristãos em que as letras das músicas só falavam de amor, paz, esperança e boas mensagens, nem parecia que eram músicas de um cristão, mas fazia muito sentido para quem as ouvia e as mensagens das músicas fazia muito bem a muita gente que nem imaginava que tinha inspiração divina. Nem todas as pessoas tem a sorte de nascer em uma família tão boa quanto a família de Stefanny.

Um dia as garotas estavam na casa de Stefanny quando Liara chegou para falar com sua irmã, Liara foi pedir dinheiro emprestado, elas estavam na areia nos fundos da casa que tinha um caminho que dava acesso à praia. Enquanto Liara e a mãe de Stefanny que se chamava Marta conversavam na sala de estar. Dona Marta foi buscar dinheiro no cofre para emprestar a Liara que estava com sua conta bancária bloqueada pela justiça. Liara foi até onde a areia onde as garotas estavam e tirou uma chave do bolso, sentou ao lado das garotas e disse:

— Stefanny, quero que cuide da minha casa enquanto eu estiver fora, esta é a chave, a casa está vazia, há poucos móveis, mas tem água e eletricidade, podendo até passar quanto tempo vocês quiserem na casa.

Megg e Cibelle acharam estranho, pois que adulto confiaria em três crianças para cuidar de sua casa, mas Liara sabia que as três não iriam encher a casa de gente e fazer festas com bebidas e música como a própria Liara fazia em seus tempos antes de ser descoberta pela justiça, ela sabia que no máximo as garotas cuidariam da casa e iriam usá-la para ler, brincar e estudar. E estranhamente pediu para que não contassem a ninguém sobre a chave da casa, pois algumas pessoas estavam procurando por Liara e ela não iria gostar que descobrissem o seu grau de parentesco.

As três acharam muito estranho mas aceitaram a chave, que ficou sob a responsabilidade das três. Então, Liara disse o endereço da casa, voltou para a sala com a mãe de Stefanny, pegou o dinheiro do qual foi pedir emprestado, se despediu da irmã e das garotas e se foi. Ela se foi e não deu notícias para onde estava indo, parece que ela simplesmente desapareceu, ela disse apenas que tinha algumas coisas pendentes a resolver e que a qualquer momento iria voltar e reaparecer. Ela apenas tinha comentado um tempo antes que iria reabrir seu bar, mas não contou detalhes e não mais tocou no assunto e não deram muita importância.

As três conversaram para ver se poderiam contar sobre a casa para a mãe de Stefanny, mas como Liara pediu para não contar, elas decidiram então guardar o segredo.

Passou um mês desde que Liara se foi e não tinham nem um telefone para falar com ela, apenas uma chave e um endereço, então elas decidiram visitar a casa. A casa era longe, em um condomínio afastado, as casas do condomínio eram longe umas das outras, como se fossem em um bairro de sítios, ao chegarem naquele enorme sobrado branco, elas perceberam que estava bem conservado, mas havia sido construído há pelo menos dez anos. Entraram naquele abandonado, porém luxuoso sobrado e estava vazio, apenas os armários que eram embutidos e na cozinha os armários incluíam o fogão e a geladeira, havia também um lustre na sala totalmente vazia, apenas as paredes brancas cintilantes e as grandes janelas com leves cortinas provençais, alguns quartos estavam vazios, outros tinham armários e nada mais, sem móveis, sem decoração, uma enorme casa que para não ficar abandonada pela sua proprietária se propôs em confiar-lhes a chave. Ao lado havia uma grande árvore, há alguns minutos de caminhada de um lago e mais quinze minutos de caminhada de um bosque de árvores antes da próxima casa, que era a casa do vizinho mais próximo.

Era como Liara estava vivendo, depois que ela saiu da prisão, ela voltou para sua casa, havia muita poeira e muitas teias de aranha por estar anos fechada, então ela lavou cômodo por cômodo, as paredes, as janelas, toda a casa, e como estava sem dinheiro algum, pois sua conta bancária havia sido bloqueada, ela vendeu todos os móveis de luxo que tinha, no fundo ela sabia que poderia com o tempo comprar tudo de novo e mais moderno e luxuoso. Então decidiu juntar o dinheiro das vendas dos móveis e mais o dinheiro emprestado da mãe de Cibelle e mudar de país.

Sim! Liara juntou dinheiro e se mudou de país sem avisar aos familiares, como sempre. Seus pais já haviam falecido e era a irmã mais nova de quatro filhos, Stefanny tinha mais duas tias e um tio. Ela se mudou para a Holanda, onde a lei era mais flexível, e tudo era liberado no país, ela abriria um estabelecimento e viveria por lá pelos próximos dez anos, e voltaria para sua casa apenas nos natais e para visitar as irmãs e sobrinhas. Mas nos primeiros dois anos ela não deu notícias e não voltou.

As garotas deixaram aquela casa enorme e vazia fechada, a chave ficava em uma caixa dentro de um armário no quarto de Stefanny, que pediu para Megg e Cibelle que guardassem esse segredo pela tia, mas na verdade não era bem um segredo, pois as outras irmãs sabiam que Liara tinha uma casa, mas não sabiam onde era e quem eram as pessoas que frequentavam.

Uma vez Stefanny decidiu ir até a casa sozinha, ali ficou no jardim abandonado olhando a velha árvore por alguns minutos, e teve a brilhante ideia de usar a casa como a sede do seu clube de Leitura. Ligou para Megg que concordou imediatamente, elas usariam o espaço para terem suas primeiras ideias e esboçarem seus primeiros passos para a futura editora que Stefanny sempre quis abrir.

Montaram, então, em um dos quartos, um escritório, que era a princípio duas escrivaninhas, levaram seus livros preferidos e os empilharam em uma prateleira que levaram também e decoraram o quarto com objetos que elas traziam de casa e suas coisas pessoais. Passaram semanas ali cuidando da casa, iam para a casa pelo menos uma vez por semana e Cibelle as ajudava fazendo companhia nos dias em que estava livre. Decidiram montar apenas um quarto para usarem como o refúgio da leitura e era o quarto do segundo andar onde tinha uma parede inteira de vidro que pegava a sombra em toda a tarde da grande árvore velha que tinha no quintal abandonado.

Depois de terem lavado a casa inteira, tirado as plantas secas do quintal, molhado a grama e as tímidas flores que resistiram a falta de cuidados, limpar com cuidado cada vidro embaçado, cada corrimão e encher o quarto com livros, as três se sentaram no jardim já limpo e olharam para a grande árvore que derrubou sua última folha, logo em seguida um botão de uma flor rósea clara se abriu dando início a um novo ciclo e avisando a recém-chegada primavera.

Em uma semana a árvore já estava completa de flores, aquelas flores róseas embelezavam todo o dia, e a noite, as luzes em todos os galhos enfeitavam todas as noites enquanto estivesse florida. Elas levavam lanches para fazer piquenique em todos os dias da primavera enquanto a árvore estava florida. Elas sabiam que as flores cairiam todas e novamente a árvore se tornaria seca até na próxima estação onde se encheria de verdes e novas folhas. Então aproveitaram todos os dias da primavera para celebrar aquelas flores mais lindas que já tinham visto na vida. Elas corriam pelos corredores da casa vazia, brincando entre elas, dando vida àquela casa silenciosa, enchendo a casa com risadas, alegrando aquelas paredes brancas, aquele piso cor de salmão cintilante e aquelas enormes janelas na qual umas cortinas finas balançavam.

Elas diziam para seus pais que iriam dormir todos os dias uma na casa da outra, e eles não desconfiavam, pois elas sempre fizeram isso, mas elas levavam barraca para acampar na casa, que já era considerada a casa delas. Elas só precisavam encher a mochila com lanches, uma lanterna e uma barraca, e ali a primeira primavera mais feliz de suas vidas, sem adultos, sem regras, apenas brincadeiras, leituras e as luzes enfeitando a árvore mais linda do mundo.

Levaram de casa um balanço que Cibelle tinha ganhado da avó, subiram na árvore e amarraram o balanço. Levaram uma agulha e uma linha, colheram as flores que caiam todos os dias forrando a grama com flores róseas e colocavam na linha e amarravam no pescoço e nos pulsos como colares havaianos. Dançaram ao som do pequeno rádio de Cibelle as suas músicas preferidas como se fossem dançarinas havaianas, combinando a cor da saia. Uma pequena câmera polaroide que imprimia as fotos na hora registrava a festa das luzes que, a partir daquela primavera, aconteceria todos os anos por cerca de duas semanas.

Mantendo o segredo da casa das Bromélias, as três esperaram que Liara voltasse e desse notícias, mas ela nunca mais voltou, Stefanny perguntava para sua mãe se ela tinha o telefone da tia e quando ela voltava, mas sua mãe não sabia, sabia de Liara até menos que elas. Elas procuraram na internet um telefone da tia, mas não encontraram seu contato em nenhum lugar, talvez ela tivesse mudado de nome assim que se mudou para Europa e trabalhava em seu negócio próprio.

O fato era que a casa estava sendo bem cuidada pelas meninas e estava sendo o seu clube secreto. Se elas contassem para alguém ou levassem mais gente para a casa, estragaria a magia, pois como não havia adultos para pôr regras na casa, ela poderia se deteriorar. Quando Megg ou Cibelle queriam ler, estudar ou simplesmente ficar sozinhas, elas iam até Stefanny buscar a chave que era compartilhada entre as três em igualdade. A primavera se passou e combinaram de passar todos os sábados à tarde na casa e alguns domingos também.

Era como ter uma casa na árvore, porém era uma casa de verdade, luxuosa e linda, com paredes cintilantes. Stefanny e Megg entravam no quarto de estudos, assim chamado por elas, escreviam e planejavam como queriam que fossem a sua editora, enquanto Cibelle lia e dava a opinião sobre o que elas escreviam.

Passaram-se então meses, e finalmente anos, Liara não voltou, e não deu notícias. Ninguém foi até a casa procurá-la, como ela havia passado muito tempo na prisão, muitas pessoas achavam que ela ainda estava lá e quando a procuravam, como ela não estava na casa, desistiram de visitá-la. Quando as três falavam sobre a casa diziam que era a casa da tia, mas não diziam qual tia das três era, então achavam que poderia ser tia de Cibelle ou Megg, não faziam muitas perguntas, pois não notaram que poderia ser algo perigoso ou que fizesse mal as garotas. Logo cresceram e se apropriaram da casa como se fosse delas e a usaram como sede de sua editora assim que terminaram a faculdade.

Algumas vezes elas passavam semanas sem visitar a casa, mas o jardim precisava ser cuidado, as flores sem podas se alastravam pelo campo até próximo ao lago, com várias espécies, algumas muito perfumadas, dentre elas as bromélias que, intercaladas, se espalhavam e formavam um caminho entre o lago até o bosque de árvores. Em nenhum momento levaram alguém para a casa ou fizeram festas, pois assim quebrariam a promessa que haviam feito a Liara, pois era a única coisa da qual ela havia pedido em troca da chave, que não contassem a ninguém.

A CASA DE LIARA

Como não poderiam contar pra ninguém sobre a casa, elas não moravam lá, mas na maioria dos finais de semana elas iam e alguns dias da semana diziam que iam fazer trabalhos escolares uma na casa da outra. Quando não estavam estudando ou em algum curso, ou se divertindo.

A casa não tinha piscina, mas tinha um enorme lago artificial que funcionava como uma piscina natural, alguns aguapés para limpar a água e tudo certo, a água já estaria cristalina novamente, havia uma bomba que colocava na beira do lado e ele filtrava toda a água fazendo-a ficar cristalina, os aguapés faziam o trabalho de tirar os nutrientes da água e diminuindo as algas verdes.

As flores, sem poda e sem cuidados, se alastraram no campo que terminavam em um caminho de bromélias e no final havia um bosque, muitas árvores, a maioria araucárias, muitos pinheiros e muitas bromélias no chão, que foram trazidas por alguém, pois a floresta nativa era de araucárias. Uma linda paisagem sem dúvidas. Talvez a mais bela que as meninas tivessem visto na vida, apesar da Stefanny já ter feito várias viagens internacionais com a família dela que era de classe média alta.

Nas tardes em que as meninas passavam lá, elas levavam jogos e faziam piquenique embaixo da árvore. Elas fizeram uma rifa e compraram alguns móveis como televisão e vídeo game, usavam a internet do celular na televisão e alguns pufes, pois a casa já estava mobiliada, pois Liara enquanto estava viajando ou na prisão a casa ficava abandonada, e as meninas cuidavam da casa, aquela casa com poucos móveis, mas bem conservada pelo tempo e pelos cuidados das novas moradoras. Era toda decorada, mas a Liara precisou vender os móveis, deixou nos quartos apenas a cama e um pequeno armário, e na sala os pufes, dois sofás e a tv, na cozinha havia apenas um armário antigo e uma mesa, sem eletrodomésticos, sem fogão e sem geladeira, mais tarde as meninas comprariam, quando fossem usar a casa, elas tinham a intenção de morar nela.

Aquela casa branca e sem decoração foi enchida de flores, as meninas faziam missangas e penduravam nas janelas, elas faziam lindos buquês com as flores que encontravam no campo ao lado, e as plantavam em vasos, assim era decorada a casa, com missangas e flores, bem ao estilo da mãe de Cibelle e suas tias hipongas. Elas espalhavam glitter de vez em quando no chão para que as fadas fizessem festinha. Diziam que quando elas não estavam, eram os seres elementais que cuidavam da casa, como as fadas e os duendes, e elas realmente deixavam frutas, flores e faziam várias casinhas para os duendes dentro da casa, e espalhadas no jardim para eles estarem felizes com a presença deles que era muito frequente e corriqueira. Megg dizia que podia vê-los, Stefanny e Cibelle ficavam bravas pois não conseguiam vê-los.

As meninas contavam que várias vezes, quando Megg estava sozinha, elas podiam ouvir suas risadinhas quando brincava com as fadinhas e gnomos, fazendo festa com as pétalas de flores no chão. Ela dizia que eles a ensinaram a cuidar da casa, pois eles gostavam da casa limpa e arrumada, por isso a Megg era tão cuidadosa com a casa, porque amava ter a presença dos elementais correndo pela casa e brincando. O que era verdade, pois a casa era habitada pelos seres da floresta logo do lado e os seres do lago viviam ao redor, era muito comum ver as coisas mudando de lugar e as portas abrindo e fechando sozinha, no começo, Cibelle e Stefanny tinham medo, mas Megg as confortava, pois ela via que eram as fadas e os duendes e os serezinhos visitantes que moravam ali perto da floresta, e logo as meninas aprenderam a conviver com eles sem medo, pelo contrário, elas adoravam a presença deles lá.

Stefanny, por ter tido uma conversa com um elemental do fogo, acreditava em Megg, porém ela nunca mais tinha visto nenhum, apenas sabia que eles poderiam estar por ali, mas se estivesse, ela saberia, eles se mostrariam a ela, por isso Stefanny ficava brava, pois não havia visto nenhum elemental ainda na casa. Talvez ela veja apenas os elementais do fogo, e já que a casa não tinha lareira, ela não conseguia ver os elementais da água, da terra e do ar. E às vezes, ela se esquecia que havia conversado com um elemental já que havia acontecido apenas uma vez na sua vida, uma conversa breve, e única.

A LUZ PRÓPRIA DAS ESTRELAS

Quando Cibelle era pequena achava que as estrelas mudavam de lugar, mas ela não sabia porque as estrelas mudavam de lugar, e não sabia que as estrelas eram astros celestes de luz própria como o Sol, e que algumas têm satélites girando e orbitando ao seu redor.

Se observarmos a posição de um planeta por vários dias verificaremos que sua posição em relação as estrelas fixas se modificam regularmente, significa que os planetas têm uma órbita em volta de cada estrela e que elas consistem um mini sistema, com satélites, planetoides e outros asteroides. O seu movimento em relação à estrela fixa permite identificar um novo planeta.

Astrólogos e astrônomos em anos de pesquisa ainda não formularam uma teoria e calcularam todas as rotas dos satélites das estrelas, e ainda não descobriram todos os planetas. Existe uma descrição histórica na bíblia sobre a estrela que guiou os três reis magos para acharem o menino Jesus. Deus fez a natureza em toda a sua magnitude perfeita e todo o universo contribui para aquele que faz o bem.

Cibelle e Bernardo eram bons amigos, mas Stefanny e Henrique já estavam namorando há algum tempo. Ele era extremamente apaixonado por ela, ele fez uma breve pesquisa sobre ela com Megg e anotou tudo aquilo que Stefanny mais admirava, e assim ele sempre a surpreendia com pequenas delicadezas de uma forma sutil e agradavelmente bela. Ele preparava surpresas, como a levar para conhecer os lugares que ela sempre quis visitar, aprendia a cozinhar seus pratos preferidos e lia sobre algumas coisas que ela também lia e conversava com ela sobre, quando ele citava algum livro, ela se enchia com um sorriso e quase não acreditava que ele tinha lido também e ficava feliz em saber que compartilhavam dos mesmos gostos. Megg sabia que Henrique queria apenas fazer Stefanny feliz e enquanto ele estava fazendo isso, estava tudo bem.

Na universidade, Henrique não era um dos melhores alunos, ele era esforçado e, com muita dificuldade, ele alcançava as notas, como ele estava na mesma turma que Bernardo, eles continuavam estudando juntos, mas não como no clube, faziam os trabalhos em grupo juntos e enquanto Bernardo alcançava as melhores notas, Henrique ficava na média, mas não chegava a reprovar ou repetir as disciplinas. Eles tinham combinado de entrar para a universidade e fazer o mesmo curso desde a época do clube, para Henrique já estava de bom tamanho não ter que repetir as disciplinas por notas e ele nunca tinha estudado tanto em sua vida antes, a cada dia ele melhorava mais as suas notas e continuava a aprender com Bernardo. Ele sabia que não seria fácil e que ainda teria que melhorar muito, mas ele não desanimava, Bernardo dizia pra ele que ele sempre poderia contar com Bernardo para tudo e para a vida inteira.

Stefanny também estava muito apaixonada por Henrique, eles formavam um belo casal, eram sempre alegres e simpáticos, o bom humor deles contagiava até Megg que não era tão bem humorada assim, estavam tão felizes um com o outro que tudo era motivo para sorrirem, um sorriso permanente estampava o rosto dos dois de forma que Megg, ao olhar para eles, automaticamente abria um sorriso também, era a forma mais pura e verdadeira de amor e amizade, eles estavam sempre brincando um com o outro e seu humor era leve, fazia tão bem para os dois que fazia bem para quem estivesse a sua volta também. Sempre quando Stefanny não estava bem ele a cativava com algum verso de amor, ele fazia poesias pra ela e ela se sentia melhor.

Em uma tarde depois da aula, Stefanny esperou Henrique para voltarem juntos pra casa só porque iria chover, o simples fato de chover era como se fosse um evento muito importante para os dois no qual eles compartilhavam, Henrique dizia que a chuva era a representação mais bela do amor de Deus para com os seus homens, dizia que a água caindo do céu era algo tão grandioso e tão perfeito como todo o resto da natureza, apreciar a natureza para eles era como meditar, os seus pensamentos cessavam automaticamente e logo sentiam a sensação de que estavam flutuando, porque era uma sensação indescritivelmente boa estarem na companhia um do outro, e morando em uma cidade grande, a chuva era para que se lembrassem que eles eram parte de toda essa perfeição da natureza, para que se lembrarem que eram pequenos diante do infinito e magnitude do universo.

Eles gostavam também de olhar o céu e as estrelas juntos, Henrique até entrou para o clube de astronomia, e Stefanny também passou a frequentar, ela até comprou um livro que ensinava a identificar as constelações e identificar os outros corpos celestes que davam para ver através dos telescópios disponíveis no clube de astronomia. E como sempre, ela comprou muitos livros sobre mitologia e astronomia. Ela havia abandonado o hábito de comprar livros de papel, depois de tanto estudo e conscientização sobre o meio ambiente, ela fez um acordo consigo mesma que nunca mais consumiria livros feitos de papel e trocou por plataformas digitais. Tinha consigo argumentos prontos para não se utilizar mais papel, afinal, temos tecnologias de comunicação suficientes para substituí-lo.

Stefanny estava muito impressionada com mitologia e com um livro de fantasia e ficção que havia lido sobre as estrelas e as constelações que estas formam, o livro que ela mais gostava era sobre a estrela Órule que havia abandonado a sua constelação de origem e migrado para o outro lado da galáxia de onde não se vê o planeta terra, apenas se vê as paisagens desabitadas e montanhosas do planeta PWX46. A estrela havia se mudado por não querer presenciar mais uma guerra que resultaria em escravidão e sofrimento entre os habitantes do planeta terra que estavam tomados pelos sete pecados capitais, entristecendo assim o Deus que regia aquele universo por destruírem as demais espécies desequilibrando o ecossistema e desestabilizando a harmonia entre eles mesmos.

Na história, a estrela havia observado por muito tempo muitos humanos e levava até Deus as suas preces, necessidades e providencias, pois assim por séculos conseguiu evitar o sofrimento de inúmeras pessoas, mas vendo que algo mais forte estava por vir e uma guerra estava para acontecer, elas choravam e se atordoavam mudando-se de lugar para não assistirem o sofrimento dos humanos. Deus ao ver aquele caos se silenciava, e não conversava, não atendia e não visitava a humanidade por longos períodos de tempo, até que quando terminasse a guerra, os próprios humanos percebessem que a competição desleal e os sentimentos inferiores como ira, vingança, inveja, cobiça, entre os povos, nada mais causasse além de destruição e prejuízo para ambas as partes. E então, depois que refletiam sobre os estragos que haviam causado uns aos outros e vendo suas perdas, consequência dos piores sentimentos que um humano poderia ter, e percebiam o que haviam feito, se jogavam ao chão e clamavam a Deus por perdão e misericórdia. Mas as estrelas, tímidas pelo testemunho, intercediam a prece dos homens e convocavam a sua presença. Mas na lenda, O Deus voltava e lhes castigava, mas ele era justo e sim, era misericordioso e não dava um fardo maior do que o pecador pudesse carregar, e sim apenas o proporcional.

Na tradução original do livro, os nomes das estrelas e sua lenda havia se modificado com o passar dos séculos, por isso ela precisava fazer uma pesquisa na literatura e comparar com outras lendas semelhantes.

Esse era o livro que aproximou Stefanny e Henrique e se chamava *Tudo o que poderíamos fazer para evitar uma guerra*. Que pesquisaram juntos na literatura todo o material que encontraram disponível na internet e em livros do acervo das bibliotecas que puderam visitar além do observatório de Astronomia onde Henrique a levou pela primeira vez.

Era simplesmente lindo descobrir que da terra também dá para enxergar perfeitamente a lua em sua beleza delicada e misteriosa e assistir a vista de cometas e a passagem de estrelas cadentes, além de saber as datas de cada evento astronômico, como eclipses solares e lunares.

Em uma noite clara de céu limpo e lua crescente, a AsteroT, uma empresa de tecnologia espacial e pesquisa científica, anunciou uma chuva de meteoros próximo ao acampamento de observação espacial do clube de Astrologia vinculado a universidade. Todo o clube havia se preparado para vê-lo, o clube levou alguns telescópios para o cume de um morro no planalto, era o local mais alto da cidade em que se dava para chegar com o equipamento e montar os telescópios para acompanhar o evento astronômico, Henrique participava da equipe e ajudava nas montagens do telescópio HS8, a passagem do cometa estava marcado para às duas da manhã e também dava para ver através de lunetas, nessa noite levantaram tendas e barracas para dar suporte a quem quisesse passar a noite ali no acampamento e esperar o dia clarear o caminho de volta.

Montaram o acampamento e os equipamentos durante o dia e antes da meia noite já estavam todos lá. Stefanny chegou com Cibelle, Bernardo, Megg e Joel em um carro próximo às dez da noite e, Michel, Jimmy, Fernando, Rafael e Gilberto chegaram em outro carro logo após, os outros garotos não puderam ir dessa vez, mas todos foram convidados. Levaram suas próprias barracas e acessórios, o clube de astronomia iria ficar acampado lá apenas uma noite, mas havia mais gente que iria ficar acampado o final de semana inteiro. Os equipamentos eram para ver os outros corpos celestes durante a noite toda, mas a passagem do cometa poderia ser visto a olho nu.

Próximo às duas da manhã já estavam todos prontos esperando e preparados olhando para o céu, foi então às 2h01, exatamente, que o cometa foi visto e o clube de astronomia não havia previsto, mas uma chuva de meteoros havia acompanhado a ilustre visita, era tanto brilho no céu como se fossem fogos de artifícios, a chuva de meteoros era como centenas de estrelas cadentes passando transversalmente da direita para a esquerda no céu que estava muito estrelado, e foi então que o cometa apareceu, e algo de estranho também. Uma enorme bola de fogo brilhante branca, ligeiramente esverdeada, cruzou o céu de cima para baixo, e no meio da trajetória, diminuiu a velocidade até parar. Sim, o cometa parou no céu e só crescia de tamanho.

Crescia tanto que o acampamento passou de admirados telespectadores para assustados, todos seguraram o fôlego e abriram os olhos esperando o próximo movimento do cometa. O enorme corpo celeste simplesmente mudou sua trajetória e estava vindo lentamente em direção ao acampamento, estava pairando no céu, e ali continuava, assistiam sem uma palavra e evitavam se mexer também. A enorme estrela brilhante parecia os observar, de lá do céu, imóvel também, de repente a luz começou a piscar, cronometraram o tempo entre uma piscada e outra e era o tempo de um segundo. Nenhuma palavra se ouvia no acampamento, apenas a contemplação e alguns suspiros de espanto, pois talvez não fosse um cometa.

Todos tinham um milhão de dúvidas e perguntas para fazer, mas ninguém se atreveu a dizer uma palavra, durante a passagem do cometa que ali ficou parado piscando por cerca de 15 minutos. Quando a luz no céu se foi como mais uma estrela cadente, pode-se ver as outras estrelas cadentes continuando a cair ao longo da noite. E a primeira pergunta e praticamente a única foi, o que era aquilo no céu. Ninguém tinha a resposta, nem os especialistas ali e nem o google, ou seja, o clube de astronomia teria muito trabalho pela frente. As discussões percorreram ao longo da noite junto com a chuva de meteoros, primeiro iriam fazer um plano de pesquisa histórica sobre eventos semelhantes e depois descrever e registrar esse evento, muito material de imagem havia sido coletado, como filmagens de vários tamanhos e ângulos de lentes, tudo estava sendo arquivado para pesquisa, não foi a visita de uma simples estrela cadente, foi a visita de um objeto não identificado.

O clube de astronomia precisava de informações que não estavam disponíveis para civis, então um sargento das forças aéreas que estava no acampamento disponibilizou a documentação de algumas operações semelhantes, nada comparado com a magnitude daquela luz, mas era suficientemente convincente para saber que poderia não ser um cometa e que poderia haver várias hipóteses diferentes para o que seria. Por várias noites, Stefanny ficou pensando naquilo e resolveu escrever sobre em seu blog pessoal, enquanto Henrique pesquisava com o clube, Stefanny o ajudava organizando as informações, eles ficaram impactados e impressionados com aquilo por várias semanas, afinal era pra ser mais um acampamento e uma simples chuva de meteoros, foi uma enorme surpresa para eles aquela luz no céu que piscava e de alguma forma, Henrique achava que a luz estava tentando se comunicar com o acampamento e esse era o maior desafio do clube.

Todos estavam tão impressionados que durante dias a imagem não lhes saía da cabeça, o silêncio daquela noite os dominava o pensamento, e durante semanas, até as palavras eram poucas, o silêncio os acompanhava. Depois daquele dia, todas as noites Stefanny, Megg e Cibelle olhavam para o céu por alguns minutos em silêncio, Stefanny olhava para o céu como se estivesse procurando alguma coisa, olhava para as constelações, reparava cada estrela comparando com o mapa. E ela sempre notava que havia diferenças na localização das estrelas de uma noite para a outra, e isso a deixava de certa forma preocupada, ela não sabia o porquê as estrelas simplesmente estavam mudando de lugar, e não só mudavam de lugar como piscavam e tinham cores como avermelhadas, esverdeadas, brancas, era como se o céu estivesse dançando, a sensação era de que as estrelas tivessem vida e quisessem de alguma forma provar isso.

Não tendo ainda respostas do que aquilo era, o clube seguiu estudando o fenômeno, os mais céticos achavam que era um drone, e assim todos se conformavam que talvez o cometa havia passado despercebido em meio a chuva de meteoros enquanto davam atenção a grande luz do drone, nem esperaram para chegar as informações da força aérea, trataram logo de postar no site do clube que era um drone de luz que visitou os garotos no acampamento, e foi confundido com os asteroides que preenchiam o céu. Mas para Henrique, essa não era uma explicação satisfatória para o movimento do drone, ele ficava cada vez mais obcecado por isso, emprestava livros e livros da biblioteca do clube de astronomia e ficava horas conversando com os colegas sobre, a cada conversa era uma aula.

Para Henrique, era um objeto voador não identificado, e assim permaneceu descrito e mesmo assim virou uma obsessão para Henrique descobrir o que era o tal objeto, talvez ele nunca saberia, enquanto isso, novas pesquisas iriam surgindo e, pouco a pouco, Henrique foi aceitando a hipótese de que era um drone de luz brincando com os garotos com formato de nave espacial alienígena. Talvez até o drone estava sendo controlado por alguém do próprio acampamento, pensou um dos colegas.

E depois de muito pensarem em diversas hipóteses, descobriram que de fato era alguém do acampamento controlando o drone. Que decepção!!! Todo o clube ficou abalado e decepcionado. O drone era em formato circular, equipado com uma forte lâmpada de led, com hélices e câmera filmadora, um brinquedo de última geração construído por um dos garotos de engenharia mecatrônica, era um brinquedo voador movido a controle remoto. Não passava de um brinquedo para crianças. Certo dia, chegou um dos integrantes e no meio da conversa decidiu revelar, contou que ele havia projetado e construído e que não havia construído sozinho, a intenção era chamar atenção para o objeto para depois apresentá-lo como um engenheiro vendendo seu produto. A revelação levantou tantos rumores que gerou uma certa revolta entre todos, marcaram então uma reunião para decidirem se expulsariam do clube o dono do drone ou não.

O dono do drone era um garoto mais interessado em colocar em seu currículo a elaboração e montagem de um eletrônico movido a controle remoto que imitasse um asteroide ou um objeto voador não identificado, esse era o objetivo. Mas o acampamento ficou tão bravo que nenhuma inspiração justificaria a ideia de iludir o clube. Ficaram tão revoltados que, além de expulsarem o dono do drone, ainda tomaram dele o drone e fizeram um abaixo assinado para o reitor da universidade para que expulsassem o aluno, e estavam motivados a fazer mais, porém não tinham mais ideias de como afastar o asteroide impostor, a revolta era muita que alguns garotos até pensaram em persegui-lo.

Quando o coordenador do curso leu a solicitação e enviou para o reitor, os dois acharam que não tinha necessidade de expulsar o aluno e que talvez uma suspensão já adiantasse e servisse de lição, mas estavam pensando em algo maior, pois para os alunos era pouca a punição; eles estavam realmente revoltados com a situação.

O aluno que construiu o drone e o apresentou de forma espetacular para os colegas, era um engenheiro brilhante, mas todos estavam bravos demais para admitir; ele se chamava Spencer e estava no segundo ano de engenharia mecatrônica, foi tanta a repercussão do objeto voador que sua caixa de e-mail estava com dezenas de pedidos do drone, ele as chamava de pequenas estrelas e as vendia como brinquedo, e a notícia se espalhou tanto que ele não estava dando conta de construir muitas "estrelas", por isso teve a brilhante ideia, como sempre, o gênio, de contratar os garotos que estavam bravos com ele e montar uma equipe dividindo em igualdade todo o lucro das vendas do brinquedo. Um gênio!!! Spencer conversou sobre essa ideia com o reitor e o coordenador, que concordaram plenamente com ele, assim ele retribuiria de alguma forma e contribuiria para o acampamento, além de reservar uma parte para doar ao clube de astronomia.

Spencer com medo da reação dos garotos, mandou um e-mail para todos os integrantes do clube de astronomia. O e-mail explicava que estava com uma demanda enorme do brinquedo e que queria doar parte do lucro para o clube, além de contratar quem quisesse trabalhar com ele e receber de forma proporcional como se fossem sócios. Explicou tudo detalhadamente, pediu profundas desculpas e prometeu por meio de um contrato doar o dinheiro das vendas para o clube.

Henrique, ao receber o e-mail, quase não acreditou, sua revolta era tão grande que quase não deu atenção a parte do e-mail que dizia sobre a doação para o clube de astronomia, ele apenas afirmava que não iria participar da fabricação. Assim que ele chegou no clube o assunto era o e-mail. Alguns animados para começar e outros ainda resistentes, mas depois de muito debaterem chegaram à conclusão de que participariam sim. E então iniciaram a fabricação em um galpão próximo da universidade. Atenderam as primeiras encomendas e ao entregar cada lote de encomenda, mais um lote chegava. Produziram o semestre todo até que Spencer decidiu que já havia doado dinheiro o suficiente para o clube e decidiu então regularizar o galpão como se fosse uma empresa e a poupar o dinheiro do lucro.

Estava fundada então a S.T.A.R.S, operando com todo o frescor de jovens entusiasmados. Que começou a arrecadar dinheiro vendendo brinquedos enquanto os garotos pesquisavam e estudavam, inventavam, projetavam e construíam. Os garotos estavam animados com a ideia de que poderiam realizar os próprios sonhos desde que trabalhassem em equipe e que estivessem todos de acordo com um único ideal, a de tornar sonhos possíveis e acessíveis. Enquanto alguns trabalhavam na produção, outros trabalhavam na pesquisa fazendo testes de qualidade e segurança, e sempre que alguém do acampamento tinha alguma ideia, logo eles a adaptavam e a lançavam como produto da S.T.A.R.S, a pesquisa ainda era vinculada ao clube de astronomia, que era vinculado a universidade, mas todos trabalhavam independentes por meio de contrato com a S.T.A.R.S que tinha regularizado todas as patentes. Era o início de uma grande indústria de tecnologia.

Tradicionalmente, o clube de astronomia fazia acampamentos para observarem o céu e as estrelas, os garotos do clube de matemática Portini participavam das reuniões e, junto com Bernardo Cibelle, Megg e Stefanny, também participavam dos acampamentos. Stefanny estava pensando em escrever um romance misturado com ficção científica, ela acordava inspirada todos os dias e escrevia no seu blog alguns textos, mas não tinha começado a escrever o novo romance. Megg estava impressionada com toda aquela tecnologia que tinha conhecido naquele ano e estava animada também, ela sonhava em ser professora, mas talvez iria escolher algum bacharelado, estava começando a se interessar por física quântica.

O MILAGRE DE NICOLAS

Nicolas era um dos Portini que faziam engenharia civil, além de Bernardo, Hiago, Henrique e Joel. Como o curso era integral, no período da noite, ele treinava na academia do bairro onde morava. Em uma noite, depois do treino, eles estavam muito cansados. Havia deixado para estudar em cima da hora e passou a noite acordado estudando, teve aula de manhã, e a tarde e à noite foi para o treino, na volta, ele como sempre, esperou a colega de treino para dar carona e ir para casa dormir, o problema era que Nicolas tinha uma moto esportiva muito veloz e era acostumado a andar em alta velocidade.

Ele costumava ir a todos os lugares de moto e ir para as aulas da faculdade, e dava carona para uma colega que estudava na mesma universidade e que morava na mesma rua. Ela era prima de uma vizinha que desde a infância morava na mesma rua que Nicolas, a vizinha se chamava Caroline, e quando a prima de Caroline se mudou para morar com ela, enquanto durasse o período do curso, ela dependeria de transporte público e da boa vontade de colegas e vizinhos para ter carona, e voltava das aulas com Nicolas a pedido de Caroline.

Em um final de tarde qualquer, quente e nebuloso, o tempo que estava instável com nuvens no céu e chuva em algumas regiões da cidade, resolveu fechar e isso aconteceu no caminho de volta para casa. Nicolas acelerou a moto para passar em mais de um sinal de trânsito aberto, foi quando a sonolência o atingiu e por alguns segundos, fazendo-o adormecer completamente. Nicolas perdeu a consciência, dormiu pilotando e com uma moça na garupa. Quando acordou estava internado com uma fratura grave.

No hospital, ele demorou uma semana para recuperar a consciência. Estava sedado em observação. Acordou, olhou para o lado e seu irmão estava sentado no sofá de acompanhante no hospital, lhe perguntou o que havia acontecido, ele disse para Nicolas que ele havia dormido na direção e bateu a moto, Nicolas perguntou o que havia acontecido com a colega a quem estava dando carona, seu irmão depois de cinco segundos de silêncio respondeu apenas que ela estava bem:

— Agora está tudo bem, você teve apenas uma fratura na perna, todos os nossos amigos revezavam as noites para te acompanhar. Às vezes, Bernardo colocava suas músicas preferidas e Hiago tocava violão pra você, ele dizia que era para você ter bons sonhos enquanto estivesse dormindo; Stefanny fez um poema para você e recitou durante uma visita; Cibelle trazia aromas e os passava próximo do seu rosto, ela disse que tinha lido em um blog de aromaterapia que algumas essências com certa porcentagem de álcool faziam bem e ajudavam na retomada da consciência; Joel conversava com você como se você estivesse acordado e ouvindo, foi muito engraçado eu achava que estivesse escutando e rindo por dentro sem poder interagir conosco, por isso eu pedia para que eles conversassem bastante com você; e toda a vez que você escutava a voz de Megg, o seu batimento cardíaco diminuía, como um tranquilizante, quando nossa mãe vinha visitar, ela trazia algumas senhoras que faziam orações e lhe traziam essas flores. Vou avisar aos outros que você acordou. Descanse.

Em seguida o irmão saiu do quarto e mandou mensagem para todos dizendo que Nicolas havia acordado.

Logo chegou Bernardo, o irmão de Joel disse que havia um problema, que ele não havia contado o que tinha acontecido no acidente, ao invés de contar que a moça foi arremessada e não resistiu e que durante o resgate começou a chover muito forte e a ambulância que corria muito capotou, e ao todo foi um acidente terrível, e pela probabilidade, impossível dele ter sobrevivido apenas com uma fratura na perna, além de ter batido a moto, a ambulância que estava o socorrendo capotou, totalizando a sequência de dois acidentes. Bernardo disse que depois eles conversariam com Nicolas sobre isso e que, por enquanto, não havia necessidade, foi um acidente horrível e depois na terapia ele iria tratar disso e concordou em não tocar no assunto da hora do acidente pelo menos por algumas semanas, até que seu psicológico estabilizasse e sua consciência fosse retomada por completo com todo o cuidado. Então todos tiveram o cuidado de não fazer perguntas e trocar de assunto assim que Nicolas perguntava da garota.

Mais quinze dias no hospital e Nicolas recebeu alta. Quando chegou em casa, ele entrou no quarto e sua cama estava coberta com muitos presentes, recebeu até um ursinho de pelúcia de uma das suas tias, seu irmão percebeu que ele ficou feliz que todos os seus amigos foram o visitar no hospital e que tiveram toda a paciência de tentar induzi-lo a ter bons sonhos enquanto dormia e de se revezarem para estarem lá no horário de visita, quando estava acordado esperando alta e ficou mais feliz ainda ao chegar em casa e ver todos os presentes que ganhou. Olhou pro seu irmão agradecido, e com os olhos cheios de lágrimas, agradeceu dizendo que estava bem e que era bom estar com eles.

Na sua primeira noite pós-acidente dormindo em casa, ele demorou um pouco para pegar no sono, quando adormeceu teve o primeiro sonho com o acidente. Estava sozinho, em uma estrada deserta e sem socorro, com a moto quebrada no meio da estrada e ferido, não era o local exato do acidente, mas era um sonho real, os pinheiros ao longo da estrada pareciam um bosque vazio e deserto de vida animal ou casas, apenas o vento e o barulho dos galhos das árvores, e ele olhava para os dois lados da rua escura e neblinada e, silenciosamente perturbadora, sem saber o que fazer, sem ter a quem pedir socorro. O sonho demorou apenas alguns minutos e logo voltou a mergulhar em um sono profundo e escuro, em um transe que parecia não ser reparador.

Ele não contou a ninguém que havia sonhado com um acidente aquela noite, mas disse ao seu irmão que o hospital era mais confortável que a sua cama. Então, tentando não pensar e esquecer o sonho daquela noite, ele resolveu contar sobre o que havia sonhado quando estava no hospital ao irmão, Bernardo saiu mais cedo da aula e foi visitar Nicolas e chegou bem a tempo de ouvir o que Nicolas tinha a dizer sobre os seus sonhos de quando estava no hospital.

Nicolas estava tendo sonhos leves, ele sabia que era por causa da boa presença e a boa vibração das flores que seus amigos levavam, ele dizia que sabia que estava acompanhado e que percebia bem pouco quem eram as pessoas que estavam no quarto com ele, às vezes ele sonhava, ele teve sonhos estranhos e desconexos, nenhum deles como o sonho da noite passada ou com o acidente, todos eles eram aparentemente sem sentido. Como no dia em que sonhou que estava em uma roda gigante enorme que girava enquanto ele saboreava muitos doces, ele dizia que podia sentir o sabor do milk shake de morango como se estivesse tomando de verdade e que a cada hora sentia o sabor diferente de todos os doces mais gostosos que já havia comido.

Em outra noite ele sonhou que estava em uma plantação de girassóis e que perto dali tinha um ateliê de perfumaria, que poderia sentir o perfume das flores que estavam sendo colhidas e sendo levadas por pessoas vestidas em linho branco que seguiam em fila por um caminho por entre a plantação até o ateliê, e que ao redor dali havia uma plantação de lavanda ao lado direito, e na frente, uma plantação de uma flor da qual não conhecia, uma flor com pétalas azuis e as folhas e caules eram roxos e as folhas envelhecidas eram pretas. Não conversou com nenhuma das pessoas que ali estavam colhendo as ervas para fazerem seus perfumes.

Bernardo achou um máximo os sonhos aleatórios e queria ouvir mais. No outro dia, Bernardo voltou com Hiago e começaram a conversar esperando que mais alguém chegasse para ouvir Nicolas, apareceu então Henrique e Joel. Nicolas começou a contar mais um de seus sonhos que havia tido no hospital, mas não contou que suas noites de sono em casa não estavam boas, e nem sobre o sonho que teve em casa.

A CASA DAS BROMÉLIAS

Nicolas disse que no hospital tinha sonhado com uma casa, a casa era grande, em volta tinha um grande jardim, mas parecia que estava sem reparos há alguns meses, a casa era de frente para uma lagoa e do outro lado da lagoa, havia um bosque de árvores centenárias, antes de entrar na grande casa branca, ligeiramente bege do tempo, dava para ver que ela tinha dois andares, e apesar de estar em bom estado, estava abandonada há algum tempo. Nicolas olhou em volta e apreciou a paisagem do bosque, das enormes árvores que refletiam no lago como se fossem uma pintura realista, olhou para as nuvens se formando, se virou e andou em direção a casa que estava com a porta entreaberta e entrou. Ele estava vestindo roupas de tecido leve e clara de linho, de tão branca, brilhava e se destacava na sombra das nuvens escuras.

A sala da casa precisava de reparos leves, logo Nicolas se imaginou com a sua caixa de ferramentas fazendo os reparos como um bom engenheiro civil. Quando chegou ao centro da sala, uma fada mulher que tinha uns trinta centímetros de tamanho, voava, em seu sonho a fada tinha olhos e cabelos ruivos e asas azuis de borboletas, ela estava vestida com um vestido branco, ela veio do corredor da casa e ficou alguns instantes parada olhando para Nicolas, voou até a janela e olhou de dentro para fora as árvores antigas no bosque, olhou de volta para Nicolas e saiu pela porta entreaberta em direção ao bosque, ele reparou que o sol estava se pondo e sua pouca luz estava rósea no pôr do sol de um horizonte iluminando, as paredes beges da casa com um tom róseo de luz natural, a casa estava sem móveis, ele não sabia se percorria os outros cômodos da casa e conhecia ela ou se iria atrás da pequena mulher no bosque, ele não sabia porque não perguntou nada, e queria saber onde ele estava. Ele contou com detalhes como se estivesse realmente visitado a casa.

Andou em seguida até o corredor por onde a pequena mulher tinha vindo e entrou no primeiro quarto, as paredes antigas tinham flores vermelhas pintadas à mão, desde o chão até o forro, não havia móveis mesmo em nenhum cômodo da casa, os outros quartos eram ao lado no mesmo corredor. Depois de percorrer a casa toda e conhecer seus enormes quartos, cozinha e sótão, saiu da casa pela porta da frente e ficou alguns minutos parado em frente à casa olhando para o lago e para o bosque, queria ir até as senhoras árvores do outro lado do lago, mas anoiteceu e logo começou a chover. Nicolas olhava a chuva cair no lago, nas árvores e no grande campo gramado alastrado de flores e muitas bromélias ao lado do lago, todos os seus pensamentos se dissiparam com a chuva que o hipnotizou e o induziu a meditar, em seguida, ainda com seus olhos contemplando a paisagem, sentiu que estava em sintonia com um ecossistema perfeito e que fazia parte dali.

Ali permaneceu até que a escuridão da noite tomou conta da paisagem e o fez entrar em um dos quartos da casa até amanhecer e passar a chuva, para então poder caminhar em volta do lago até o bosque, a solidão não o incomodava, pois havia uma paz naquele lugar e muito amor naquela casa. Não recebeu nenhuma visita encantada até o raiar do dia, passou a noite ao lado de uma janela, essa janela era do quarto do segundo andar que tinha vista para o lago, escutando o vento soprar nas folhas e sentindo a brisa leve e suave que balançava as cortinas brancas. Sentiu muito sono como se fosse dormir em seu próprio sonho, seu corpo foi tomado por uma eletricidade inexplicável, se deitou no chão e aquela eletricidade era como se o corpo dele estivesse carregado com elétrons positivos e o chão fosse um imã carregado com elétrons negativos, sentiu seu corpo flutuar e imergiu novamente na escuridão de um sono profundo.

Bernardo perguntou se ele já tinha visitado alguns desses lugares quando acordado. Nicolas respondeu que não, que não sabia onde estava, e que todas as vezes que emergia em um sono profundo, "acordava" em um lugar diferente. E continuou...

— Acordei do sono profundo em que eu dormia flutuando em um lindo jardim, eu tinha acabado de entrar pelo grande portão, tão grande que parecia um portão de castelo medieval, passei por um túnel de plantas que tinham cachos de flores caindo, quando terminei de andar pelo túnel, percebi que havia muitos arbustos, olhei cada arbusto e vi que eram de espécies diferentes de tudo o que eu já havia visto na vida, suas pétalas e sépalas eram cintilantes, e quando expostas à luz solar, brilhavam como vários cristais e ráfides, haviam muitas árvores em volta e um caminho rodeado de flores cintilantes que brilhavam quando as folhas das árvores se mexiam com o vento e deixavam a luz do sol iluminar intercalando com as sombras das folhagens.

— Segui por aquele caminho, andei muito e observei que as flores mudavam de tom, além de várias espécies de flores naquele campo, havia uma grande árvore como as árvores do bosque do outro lado do lago ao lado da casa, eu olhava para cima e o dossel da copa das árvores, protegiam-me da garoa que tocava as folhas das árvores e tocavam meu rosto como pequenas gotículas de orvalho, respirei fundo e aquele ar puro encheu meus pulmões. Terminei a caminhada com uma sensação de que alguém estava por perto. Mais alguns passos e eu estava diante de uma pessoa sentada em um balanço com longos cabelos ondulados, seu rosto estava borrado, parecia que queria dizer algo, mas sua voz não saia e eu não a via, seus cabelos tampavam seu rosto e logo ela desapareceu.

Nicolas não sabia, mas ele havia visitado em sonho a casa em que as meninas cuidavam, a casa de Liara. E talvez tivesse até visto ela no balanço, mas como não a conhecia, ele não sabia que era a tia de Stefanny. Ele não sabia que havia passeado por aquelas bromélias e caminhado no jardim onde suas amigas cresceram. Como ele não havia contado esse sonho a elas, apenas para Bernardo e Joel, elas não faziam ideia de que ele estava conectado de alguma forma com elas ou com a casa. Muitos anos mais tarde, quando a casa das três meninas já havia virado a sede de uma editora, em início é que Bernardo foi contar a ele que a casa delas se parecia muito com a casa do sonho dele e Nicolas quis visitar. Quando Nicolas chegou na casa ele se surpreendeu como em um choque, pois ele já havia estado naquela casa, mas não se lembrava, só se lembrava nitidamente do sonho que teve em coma, as meninas ouviram assustadas Nicolas contar e descrever a casa como no sonho, e Bernardo estava junto para provar que ele havia contado o sonho há anos.

Sem poder revelar o segredo sobre a casa, as três olharam uma para a outra e sabiam que não poderiam contar a história da casa e então trocaram de assunto, mesmo estando muito impressionadas e querendo saber mais sobre o tal sonho. E elas manteriam o voto que tinham com a tia Liara.

— Com certeza ele teve a experiência de quase morte e seu espírito saiu do corpo e talvez tenha visitado o futuro — disse Megg tentando finalizar o assunto e imediatamente mudou o assunto perguntando sobre como estava o trabalho dele.

Nicolas tinha muito mais o que contar, sempre que Bernardo o visitava ele perguntava sobre seus sonhos de quando estava no hospital. Mas em casa não havia a boa presença dos amigos durante o seu sono, apenas a escuridão da noite e a solidão de um quarto grande, e os pesadelos o acompanhavam.

Quando os garotos vieram o visitar ao longo da semana, ele perguntou novamente sobre a moça que estava com ele na garupa, seu irmão se sentiu muito mal em esconder o que havia acontecido realmente com ela e não conseguiu esconder ou disfarçar seu mal-estar. Bernardo olhou com um ar de espanto para o irmão de Nicolas, que abaixou a cabeça. Logo Nicolas percebeu que estavam escondendo algo, nesse momento suas lágrimas rolavam pelo seu rosto e ali ele entendeu que ela não estava bem.

— Não precisa dizer nada — falou Nicolas.

— Só responda com sim ou não. Ela está viva?

Seu irmão respondeu:

— Não.

Nicolas estava tomado pela culpa de que havia acidentalmente interrompido uma vida, passou todos os próximos dias de repouso em recuperação em casa pensando no que havia feito. Depois de alguns dias, quando melhorou e esse sentimento se dissipou, ele recebeu a visita de Megg. Seu ânimo melhorou muito depois de uma tarde com ela, a sua voz era como um calmante para Nicolas, ela sempre estava tão alegre, diferente dos garotos que pareciam estar em luto por Nicolas, Megg tinha um ar leve e um sorriso permanente no rosto, olhar pra ela era receber uma onda de paz, ela conversava com Nicolas sobre as coisas do cotidiano que ele fazia antes do acidente e por algumas horas, Nicolas não lembrou que estava de luto, a palavra dela era como curativo para suas feridas. Nicolas só queria que ela voltasse mais vezes, passou a mandar mensagem todos os dias para ela acompanhá-lo no café da tarde, e assim que ela chegava e se sentavam no jardim, Stefanny, Cibelle e os outros garotos chegavam também, e ali ficavam no jardim, as meninas faziam piquenique, enquanto os meninos tocavam violão e cantavam até entardecer.

Quando Nicolas voltou para as aulas e retornou suas atividades normais, todos o olhavam nos corredores como se quisessem perguntar como ele estava e se tinha se recuperado bem, e ele sorria como em resposta aos olhares, era um sorriso de alívio e uma resposta de gratidão. Estava muito feliz em voltar e seu semblante era muito mais leve. Voltou a assistir as aulas. Um dia assistindo aula, a turma toda estava em silêncio, apenas a voz da professora que ao longe ecoava em sua cabeça, ele ouvia suas palavras, mas não as entendia, seus pensamentos estavam longe, sua memória não parava de repetir os sonhos que teve quando estava em coma, ele até tentava fixar a atenção no que a professora dizia, mas era mais forte que ele, os pensamentos tomavam a sua mente e o faziam estar em outro lugar e traziam novas lembranças, passou a semana toda assim, tomado por sua própria mente, a professora logo percebeu e o chamou para conversar.

Depois da aula, ela pediu para que ele ficasse e disse que queria que ele esperasse a turma ir embora. Então perguntou se estava tudo bem com ele e se ele precisava de algo, como algum material alternativo para estudo em casa, disse que percebeu que ele estava distraído e que era absolutamente normal, que era estresse pós-traumático e que aconteceria essa distração às vezes e que sempre que tivesse em aula e se distraísse, assim poderia se levantar e ir tomar uma água ou lavar o rosto ou até ir para a casa se precisasse. Nicolas admirou a delicadeza e atenção da professora, qualquer outro professor não se importaria, diante de inúmeros outros alunos e cada um com seus problemas e talvez até traumas pessoais, mesmo assim percebeu seu distanciamento e o comportamento atípico de Nicolas e, amavelmente, a professora apenas ofereceu apoio, ela não poderia fazer mais que isso, mas já foi o suficiente para ele entender que não precisava se preocupar tanto com o seu desempenho naquele semestre. Ele ficou tão agradecido que se despediu dizendo que traria uma torta de presente para a professora. Como no colegial, a professora sorriu.

Sempre estamos nos preparando para algo, para uma nova vida, para o futuro, para mudarmos de vida, caminhando sempre, dia a pós dia, em direção ao nosso objetivo, em uma rotina de tarefas e importantes afazeres que não podem ser adiados, mas em alguns momentos a vida nos surpreende com algum imprevisto e tudo tem que ser adiado. E para Nicolas, aquele momento era marcante para ele, estava superando e estava bem, mas o seu inconsciente ainda precisaria de cuidado.

Começou então a frequentar uma terapia com psicólogo, ele não queria mais ser tomado por aqueles pensamentos novamente, foi então que em uma sessão, a psicóloga o perguntou se lhe causava sofrimento, ele respondeu que sim, por que às vezes eram lembranças do momento do acidente, ela respondeu que ele teria essas lembranças por algum tempo mais, até que quase não se lembre, apenas quando perguntado, Nicolas disse que nem todos os pensamentos eram más lembranças e que seus amigos haviam o ajudado muito, e que estava completamente bem até voltar para casa e sonhar com a moça que morreu no acidente, isso o perturba ele se sente culpado e essa é a porta de entrada para pensamentos e lembranças tristes. Então a psicóloga propôs que sempre que ele se percebesse distraído, ele trocasse o pensamento e voluntariamente interrompesse esse fluxo por uma lembrança boa, e de preferência se lembrasse de todos os momentos em que sua família e amigos estiveram presentes, ele então imediatamente mudou o semblante e terminou a sessão como se já não precisasse mais de terapia. Ele então entendeu que estaria curado quando falasse ou se lembrasse do acidente sem que sentisse mais dor.

Cada lembrança era então uma fonte valiosa de amor e compaixão, ele tinha certeza que havia escolhido sua segunda família e que essa se chamava Portini, e que estariam sempre ali para quando precisasse e esse era o mais importante para ele, confirmar isso para si mesmo todos os dias era o mais valioso dos pensamentos, talvez o mais sublime de todos os atos humanos, o zelo que tinham um pelo outro, a amizade e fidelidade lhe traziam um confortável sentimento de que apesar do acontecido, tudo agora estava bem. Os Portini, então de grupo de estudos, haviam se tornado os melhores amigos que alguém poderia ter. E Cibelle, Stefanny e Megg mantinham um toque alegre e feminino em meio a todos os garotos que antes do clube Portini só queriam se divertir, as melhores amigas e os melhores amigos com toda certeza que alguém poderia ter.

Transformar e transcender um acidente fatal em uma convicção de que existe amizade pura baseada apenas em amor fraterno o fez saber que, aconteça o que acontecer, os seus amigos estarão sempre lá e todo o resto e tudo o que poderia de mal acontecer não importava diante de tanto amparo.

Deus havia manifestado claramente um milagre, pois um acidente grave e uma ambulância que capota com as vítimas parece história de filme de aventura, mas realmente aconteceu, e por isso deve ser relatada como uma vitória e como uma fonte de testemunho do amor de Deus para os que creem nele.

Nicolas compôs uma música e a mostrou para Hiago que tocava violão e guitarra muito bem e estava montando uma banda. Na música ele expressava todo o seu sentimento e suas sinceras desculpas à moça da garupa que se chamava Loren, foi até uma igreja da cidade fazer uma oração para ela e, finalmente, foi fazer uma visita para a família dela.

Quando foi visitar a família de Loren, ele foi com seu irmão e Bernardo, conversou com eles e pediu desculpas, perguntou se havia algo que ele pudesse fazer que reparasse a perda. Os pais de Loren, muito compreensivos, eram do tipo espiritualizados e haviam perdoado Nicolas e pediram apenas que ele fizesse uma oração para onde quer que ela estivesse, que seu espírito esteja bem e que esteja perto de Deus.

E foi isso o que ele fez, guardou um dia para visitar o túmulo de Loren e lhe pedir em oração, desculpas pessoalmente pelo que havia acontecido, levou flores e meditou alguns minutos no silêncio do gramado do cemitério a sua ida. No momento em que estava meditando o clima mudou, a temperatura caiu bruscamente com o vento que indicava uma chuva, mas o estranho foi que seu corpo esquentou, uma onda de calor parecia o envolver e proteger do vento e da brisa pré chuva, de frente para o túmulo havia um banco onde estava sentado e uma árvore ao lado, ficou ali meditando por alguns minutos em oração quando uma senhora se sentou ao seu lado e lhe fez uma pergunta.

—Tão jovem e já perdeu alguém querido?

—Não era bem alguém querido, na verdade eu mal a conhecia — respondeu Nicolas.

— Era uma garota e eu interrompi a vida dela, era uma jovem moça com um futuro planejadamente perfeito pela frente, e por imprudência minha, em um acidente, ela se foi.

— A vida tem seu curso perfeito. Como o curso de um rio, onde as águas passam é onde ele molda seu próprio caminho, naturalmente, as estações vão e veem e as águas do rio continuam lentamente seguindo seu curso, a natureza se encaminha de organizar tudo em perfeita harmonia, então em sintonia com todo o universo, ela partiu, pois era a hora dela partir, seguindo o ciclo natural da vida e morte. A morte é simples e naturalmente uns vão mais cedo e outros vão mais tarde, não se culpe por isso, pois tudo é plano divino.

Nicolas ouviu cada palavra e as guardou no coração aceitando que nem tudo na vida estava sob seu controle e que Deus sim está no controle e tem cada vida em suas mãos, e ele sabe bem o que faz. Foi Deus que a levou e só.

Ele se levantou e se foi bem melhor do que chegou, voltou mais algumas vezes com flores ao cemitério, acendeu mais algumas velas para oração e criou o hábito de todas as noites pedir a Deus que conforte o coração da família. Desde então, nunca mais teve pesadelos e sonhos, suas lembranças não mais o inquietavam e tudo estava bem resolvido dentro do seu coração. Estava bem e por mais que levasse este episódio em seu coração e as marcas daquele dia em sua perna, ele teria orgulho de ter feito tudo o que pode.

Depois do acidente, Nicolas se convenceu de que existe uma força superior a nós e essa força alguns a chamam de Deus, que nos salva nas horas mais difíceis e quer que sejamos fiéis a ele e tenhamos fé, e nos mantenha em orações, assim nenhum mal nos acontecerá. Nicolas não era religioso e nem conhecia nenhum evangelho, foi educado de uma forma cética e um tanto ateu. Mas se não fosse as orações que ele nesse período aprendeu, sua passagem pela vida seria breve e sem a consciência de um Deus que é maior que todos os problemas. Esse acontecimento foi o suficiente para ele se autoconvencer disto, ele não se converteu a uma religião e passou a evangelizar os próximos, mas quis se comprometer com uma decisão intima de mantê-lo em seu coração.

Foi nessa fase em que Nicolas se interessou por religião. Ele havia nascido em uma família de ateus, onde o materialismo e as coisas do mundo bem organizadas e bem estruturadas sempre davam certo, a situação financeira da família era boa, pois tinham muitos bens e várias fontes de renda como lojas, restaurantes e bares, seus pais eram um casal de administradores, bons empreendedores, nem todos os engenheiros vem de famílias que já são da construção.

Foi sim, em um momento de fragilidade, onde Nicolas teve fé, todos nós já nascemos com uma igreja perto de casa no bairro ou até mais, todos nós já lemos algum versículo da bíblia alguma vez na vida, sendo praticantes ou não, muitas pessoas se declaram pertencer a tal religião, por tradição ou por afinidade, convite, costume. Mas em seu momento de fragilidade, onde ele teria que superar a morte de uma pessoa e se recuperar de um acidente que fraturou partes de seu corpo, ele pensou que por meio da religião pudesse pedir perdão pelo o que fez para a garota, e sim ele encontrou o que procurava, Jesus estava simbolicamente ou talvez em outro plano, no plano espiritual, de braços abertos para perdoá-lo. E sim, tinha um lugar preparado para ele onde encontraria conforto, mesmo sozinho sem uma palavra de consolo de alguém por perto, de algum amigo que viesse visitar, ele orava, orava muito, ele nem sabia como orar, mas o fazia, em voz alta e em pensamento ele pedia perdão para Deus, e Deus o ouvia, em silêncio e o perdoava.

Dia após dia ele orava, com fé, ele não poderia se ajoelhar tão cedo por causa das cirurgias, mas uma doce oração era ouvida por Deus. Mal sabia ele que toda a oração chega até Deus como um aroma suave, e que Deus se agrada muito quando seus filhos o clamam. O mal das pessoas e da humanidade é não reconhecer que existe um Deus que pode sim nos atender sempre que for preciso e sempre que quisermos. Ele não fará coisas extraordinárias, como fazer chover sorvete ou cachorro quente, para atender mero desejo humano, mas já fez coisas maiores para atender seu povo.

Na alva luz do dia, Nicolas orava todas as manhãs, como não sabia como orar, ele desenvolveu seu próprio método de oração, primeiro ele começava a louvar, dizer coisas para Deus que o engran-decia, como reconhecer que Deus era infinito, grande, poderoso, onisciente, onipotente, onipresente, depois ele pedia perdão, perdão por tudo o que tinha feio que desagradava a Deus, e principalmente, perdão por uma coisa em específico, pelo dia do acidente, e assim todo o seu dia seguia como o melhor dia da sua vida, ele vivia como se cada dia fosse especialmente o último, e mal sabia ele que a sua oração estava sendo bem ouvida por Deus, que o abençoava.

SOBRE TUDO O QUE SE DEVE GUARDAR, GUARDA SEU CORAÇÃO

Era uma noite fria e chuvosa, a família de Megg estava reunida toda na sala assistindo programas de TV e conversando. Megg estava sentada no sofá quieta, olhando para a janela como se tivesse vendo algo no vidro que escorria água da chuva que caia lá fora. Ela já estava quieta imóvel a uma meia hora, não estava participando da conversa e nem assistindo o programa com os outros. Nicolas morava com seu pai, sua mãe e dois irmãos mais novos. Sua mãe percebeu seu comportamento estranho, mas não quis ainda interferir. Ela estava tendo dificuldade de concentração assim como Nicolas, todas às vezes antes de dormir ela pensava nele. Uma conexão estranha estava sendo criada com Nicolas. Ela não estava à vontade com isso, pois nesse momento ela deveria se preocupar apenas com os estudos, mas o acidente dele acabou criando uma proximidade entre os dois que acabou mexendo com o psicológico dela.

Ela se sentia triste e apática, Nicolas não sabia disso e não saberia, mas Cibelle e Stefanny logo perceberam. Megg contou como se sentia para Stefanny e Megg que escutaram, mas não sabiam o que fazer e não tinham um bom conselho que a fizesse se sentir melhor, então Cibelle se lembrou de algumas palavras de sua tia avó e disse a Megg:

— Sobre tudo o que se deve guardar, guarda o teu coração.

As três ficaram alguns instantes meditando no que acabaram de ouvir, e olhando para Cibelle, esperando que ela explicasse o que havia acabado de dizer. Então ela explicou que significa a mesma coisa que a avó de Megg escuta na igreja, que ela não pode se deixar levar por sensações e emoções e que isso estava sendo permitido por ela. Que ela mesma tinha que ter autonomia de não deixar esse sentimento entrar no coração dela e abrir uma brecha deixando a tristeza e outros pensamentos entrar. Era exatamente o que estava acontecendo com Megg, ela estava deixando se levar por uma emoção e essa emoção não estava fazendo bem a ela. Era diferente entre Stefanny e Henrique que estavam namorando, e Cibelle e Bernardo que eram amigos. Megg estava deixando o sentimentalismo tomar conta do seu coração, e assim como não se deve brincar com os sentimentos dos outros não se deve também deixar que seu coração gere qualquer sentimento que não lhe faça bem e não lhe traga paz.

Megg quis passar um tempo sozinha e foi para a casa das Bromélias, ficou em paz, meditou, pensou e decidiu à beira do lago, deitada na grama olhando para as estrelas, ela entendeu que realmente não estava lhe trazendo paz, estava cada vez mais submersa em melancolia e introspecção, então decidiu não ver mais Nicolas, pois ela depois de longas horas sozinha percebeu que não estava sentindo amor ou algo do tipo por Nicolas, ela estava envolvida com a situação triste em que ele estava passando e a empatia que criou pela proximidade estava a deixando emotiva e deprimida.

Stefanny e Cibelle concordaram completamente com a decisão de Megg e tiveram a ideia de todas às vezes que se reunissem para sair ou visitar Nicolas, ela estivesse ocupada com algo, e sempre quando ele a convidava para sair, Stefanny e Megg se encarregavam de logo organizarem algum outro evento ou alguma desculpa para Megg não ir.

"Como podem ter tanta habilidade emocional assim sendo tão jovens?", Stefanny indagava, mas elas sabiam que isso era resultado de muita leitura, principalmente de romances e muitas outras histórias.

Em apenas alguns dias, Megg já era a mesma garota alegre e sorridente de novo. Ela se manteve nesses dias bem ocupada com muitos afazeres, assim não teria que inventar desculpas para não ver mais Nicolas, foi assim que, gradualmente, ela se afastou. Ela se matriculou em vários cursos ao mesmo tempo, em seis meses ela saberia desenhar, aprenderia informática incluindo programação, se matriculou em culinária asiática, e além de cozinhar, aprenderia a dançar, pois se matriculou em aulas de dança contemporânea.

A cada dia da semana ela tinha uma atividade diferente a noite, incluindo os finais de semana, na segunda-feira ela tinha aulas de culinária, nas terças ela tinha aulas de dança, às quartas frequentava aulas de informática, às quintas aulas de desenho, às aulas eram duas vezes por semana preenchendo seus horários livres, aos sábado e domingos, durante a manhã e à tarde, a noite ela só queria deitar e dormir. Conheceu tanta gente nova nos cursos que suas redes sociais estavam agitadas, quando ela estava com alguns minutos livre entre uma aula e outra ela conversava com seus novos colegas e assim fazia novas amizades.

Ela dizia que tinha que sair com os novos colegas e conhecê-los melhor, convidava Stefanny e Cibelle que não aceitavam o convite até por bom grado, pois Stefanny tinha pouco tempo com o namorado Henrique e o tempo que poderiam se encontrar era sábado à noite, e Cibelle não aceitava, preferia ficar em casa esperando essa fase de Megg passar, ela tinha o cuidado de não ir para que Bernardo não perguntasse o porquê elas saíram e não o convidaram, não que ele perguntaria, ele acharia normal e nem perceberia que tinham combinado de sair com os novos colegas de Megg, e também com toda a educação e cavalheirismo que Bernardo tinha, ele não iria se importar, mas mesmo assim Cibelle tinha esse cuidado de não sair aos finais de semana, apenas as reuniões do Clube que quase já não eram mais frequentes e as visitas a Nicolas, já não eram tão neces-sárias, ele com todas as dificuldades havia retornado às atividades normais da faculdade.

Megg fez amizade com uns colegas das aulas de culinária que eram veganos, que só comiam vegetais e de preferência frescos, e industrializados que não tinham leite e ovos em seu preparo. Megg já havia lido sobre, mas nunca tinha conhecido ninguém que fosse e conseguisse manter essa dieta. Eles disseram que era um dos motivos por estarem fazendo o curso de culinária, para aprenderem a cozinhar bem e terem criatividade quando forem cozinhar com essa restrição de ingredientes. Megg achou muito interessante e começou a ler mais sobre o assunto, lhe indicaram um livro que se chamava Manifesto Pelo Direito Dos Animais, esse livro era riquíssimo em conteúdos e argumentos sobre os benefícios do ser humano que consome praticamente todos os recursos naturais do planeta e todos os benefícios para a natureza. Depois das leituras indicadas pelos novos colegas do curso de culinária, ela se convenceu que era sua obrigação moral como ser humano ela se tornar pelo menos vegetariana.

Fizeram até uma aula especial sobre receitas vegetarianas para que Megg se acostumasse com os novos sabores, substituindo um alimento pelo outro, sem fazer falta ao paladar e não deixar de ter uma nutrição equilibrada. A novidade ocupava a distração de Megg, era como uma terapia para ela, ela descansava sua mente dos estudos e se divertia muito durante as aulas.

Sem dúvidas, dentre a rotina de aulas de desenho, de dança, informática e culinária, estava a deixando muito cansada, então ela tirou um dia inteiro só para descansar, ela deixou de ir na aula da escola de manhã e dormiu até tarde, ligou para Stefanny e Megg para almoçarem na sua casa, as duas foram direto para a casa de Megg que estava as esperando com um almoço completamente vegano, a mãe de Megg ajudou apenas comprando os ingredientes, ela que reparou tudo, elas passaram a tarde conversando como antigamente e incluindo conversas sobre os garotos depois da aula.

Depois desse dia, sempre que saíam para comer, todas elas pediam pratos vegetarianos, pois Stefanny e Cibelle achavam que se elas pedissem, por exemplo, um hambúrguer todo recheado de bacon, despertaria em Megg a vontade de comer carne, por isso elas tinham esse hábito de não comer carne na frente de Megg para não incentivar ela a quebrar sua dieta e seus novos hábitos alimentares.

Megg estava gostando muito também das aulas de dança. A aula parecia um recreio de pré-escola, os colegas corriam um atrás do outro como se estivessem brincando de pega-pega, conversavam e riam alto, e a professora de dança, que era Ballet Contemporâneo, estava quase mudando o estilo da coreografia para coreografias mais animadas como pop e hip-hop, a maioria do tempo de aula era dança contemporânea, mas ela reservava alguns minutos no final para ensinar outros estilos. É claro que Megg queria ir em uma danceteria para dançar todas as músicas com coreografia e queria que Stefanny e Cibelle estivessem lá, havia um clube de dança onde os colegas da aula frequentavam aos sábados, se chamava Shine. Ficava no centro da cidade onde elas moravam, mas era apenas para convidados, pois a entrada era muito cara e mesmo assim sempre lotava, com muita gente bonita e bebida boa e barata, era em uma porta no centro que de dia, quem passasse pela frente, nunca imaginaria que atrás daquela porta, aquela escada e corredor os levaria para um imenso espaço de dança. Conhecer alguém que frequentasse era como ter uma credencial para conhecer o local e poder se divertir como nas danceterias e discotecas dos anos 90, mas regadas as músicas da moda e últimos lançamentos.

Combinaram então de um dia conhecer este lugar, do jeito que falavam parecia ser o paraíso da diversão. Combinaram as três de irem juntas e esperaram os colegas da dança, eles compraram ingresso antes e entregaram para as três como vips, o que significava que elas, naquela noite, tinham acesso livre ao local e também poderiam provar alguns dos drinks da casa. Entraram e foram logo de encontro com uma escada e um corredor imenso, escuro e decorado com posters de todos os DJ's e bandas que já passaram por lá, e não eram poucas. Quando entraram na porta principal, estava cheio como um formigueiro, havia um grande palco onde estava o DJ e convidados e muita gente dançando e conversando que mal puderam ouvir umas às outras, e a iluminação era hipnotizante, andaram por entre as pessoas tentando se ambientar, não conheciam ninguém além dos colegas de Megg que Stefanny e Cibelle acabaram de conhecer.

Foi a primeira experiência de Megg, Stefanny e Cibelle em uma boate, de estilo alternativo, muitas das pessoas estavam vestidas como punks dos anos 80, haviam pessoas de todos os tipos, raças e credos. No começo, não foi como elas esperavam que fosse, estavam estranhamente deslocadas, até que uma garota surgiu com os drinks e as ofereceu. Faziam questão que elas bebessem, explicaram que fariam elas se sentirem mais à vontade. E realmente foi o que aconteceu, beberam todo o copo bifásico de transparência rosa, havia um teor muito forte de álcool na bebida que, apesar de ser doce e espumante, ser cor de rosa e estar decorada em uma linda taça com canudos em forma de flamingos, não era nada fraca, depois de alguns minutos Cibelle começou a rir sozinha, tinha visto um garoto dançando e não conseguia parar de rir dele, vendo isso, parece que Stefanny e Megg foram contagiadas e começaram a rir de Cibelle, elas perderam a vergonha e desconforto de estarem ali e não saberem dançar, a cada música, parecia que uma energia revigorante passava pelo corpo delas e as fazia ter energia e querer pular mais e mais, quando olhavam para o lado, parecia que as pessoas em volta já tinham as conhecido há muito tempo e que estranhamente sairiam dali como grandes amigos.

Algumas pessoas olhavam de cima de um camarote e reparavam em como as novatas estavam se divertindo sem medo que alguém pudesse as julgar, ninguém estava ali para isso, estavam apenas para se divertir, mas as pessoas só as observavam com interesse, pois eram muito bonitas e algumas pessoas só estavam lá apenas por sexo, procurando pessoas bonitas, jovens e cheias de energia como as três que chamavam a atenção.

— A bebida fez efeito muito rápido — disse uma colega das aulas de dança.

— Elas nunca beberam. É bom não tirar os olhos delas.

Mal sabiam Stefanny, Megg e Cibelle que estavam sob efeito do álcool e que no outro dia, teriam uma séria dor de cabeça e mal--estar, querendo nunca ter ido ou bebido naquele lugar.

Mesmo assim voltaram ao Shine no final de semana, queriam aprender a dançar e conhecer gente nova, gostaram e decidiram voltar. Então elas foram ao Shine, mas não beberam drinks alcoólicos, foram só para dançar e se divertir. Mas não foi tão legal assim, novamente elas aceitaram o drink, uma pessoa que as observava dançar de longe pagou para elas, tiveram uma surpresa, Henrique, o namorado de Stefanny, quis saber onde era o local e foi a procura de Stefanny, que estava completamente alcoolizada, ela olhava para ele mas não o via, ela não o reconhecia, e não conseguia o ouvir com o barulho, na multidão Megg e Cibelle começaram a se preocupar como se estivessem fazendo algo muito errado, pois elas reconheceram Henrique e perceberam como ele não estava bem com a situação, ele estava com ciúmes de Stefanny que ao ver que Henrique estava ali, também tentou disfarçar a tontura da bebida, mas ela cambaleava e suas pernas se entrelaçavam. Henrique a puxou pelo braço e a levou para fora do Shine. Megg e Cibelle foram atrás. Henrique não acreditou que elas pudessem estar ali e as colocou dentro do carro para ir embora. Ele as levou para casa naquela noite sem uma palavra, passou um dia em silêncio, esperando elas se recuperarem e estarem bem descansadas, então no final da tarde, quando elas se recuperaram da ressaca, ele mandou uma mensagem para as três irem para a casa dele, onde Stefanny estava dormindo, para conversar com as três.

Henrique com um ar sério esperou as duas chegarem, e muito decepcionado disse:

— Stefanny, uma coisa é sair com a gente em lugares Boêmios onde nossas bandas tocam e todos nós conhecemos e nada de mal e ninguém tem más intenções conosco. Outra coisa é vocês se aventurarem em um local escondido da cidade, sem conhecer ninguém além de alguns novos colegas de Megg, e não perceber qual a real intenção de todas aquelas pessoas em volta de vocês. Se vocês pudessem ler cada pensamento daquelas pessoas naquele lugar, nunca mais voltariam lá. Lá não é apenas uma boate com gente dançando e bebendo. Lá já aconteceram coisas terríveis. Pessoas já morreram lá, e por causa daquele local, que por trás de todo o barulho e tumulto rola coisas erradas, como drogas e prostituição. É um lugar perigoso eu não gostaria que voltasse lá e aposto que seus pais também não gostariam.

As três ficaram assustadas com o que Henrique havia dito e acharam que estava aumentando e inventando boa parte daquela história, e queriam saber como ele sabia onde elas estavam naquela noite. Stefanny passou longos dias afastada de Henrique e não quis atender o telefone e nem responder as mensagens. Ela não gostou nada dele ter se intrometido na diversão delas daquela forma como se elas estivessem fazendo algo muito errado que pudesse prejudicar alguém, estavam apenas conhecendo o lugar e pessoas novas, e nada de mais, ele foi totalmente invasivo ao dizer todas aquelas coisas sobre o lugar e elas duvidaram se acontecia aquelas coisas lá mesmo. Stefanny quis terminar o namoro por ele ter usado o rastreador do celular dela sem permissão para saber onde elas estavam e vigiá-las. Megg até perguntou se ela sabia que ele a vigiava dessa forma, Stefanny respondeu que não e que não fazia ideia de que ele sabia de tudo o que ela fazia quando não estava com ele. "Perturbador", disse Cibelle, que também não gostou nada da invasão de Henrique.

Henrique, apesar de fazer engenharia Civil, entendia muito de tecnologia, participava do clube de astronomia e tinha acesso livre a S.T.A.R.S, para quando quisesse desenvolver algum artigo, a empresa que seu colega do clube de astronomia havia fundado, ele participava de um programa de pesquisa, e testou um dos softwares que seus colegas desenvolveram para rastrear Stefanny e suas amigas. Cibelle não achou certo o que ele fez, ele estava agindo como um machista possessivo apesar de não ser um, deveria ter mantido o seu senso de ética e não testado em sua própria namorada, restringindo ela de tal maneira.

Então, depois de alguns dias, Stefanny foi até a casa de Henrique e terminou o namoro com ele. Megg se sentiu culpada, pois ela que havia convidado elas para sair naquele lugar duvidoso, e não queria que isso tudo tivesse acontecido, ela havia as colocado em uma situação chata e acabou estragando o relacionamento que Henrique tinha com Stefanny, fazendo com que eles, pela primeira vez, brigassem. Como ela não sabia o que dizer para Stefanny e Henrique, ela decidiu pedir desculpas aos dois, chamou-os na casa dela para conversar e disse:

— Nada disso teria acontecido se eu não tivesse convidado elas para ir comigo, achávamos que era uma boate agitada, diferente dos bares pacatos que frequentamos e nada mais, e se não fosse essas histórias que você nos contou, nunca iriamos imaginar todo aquele perigo naquele lugar. Não fazíamos ideia e ainda achamos que não há com que se preocupar. Mesmo assim peço desculpas por tudo o que aconteceu e assumo que foi por minha culpa o ocorrido.

Cibelle que estava lá, também pediu desculpas a Henrique e disse que a culpa foi mais dela do que de Megg, pois ela incentivou Megg a sair em lugares diferentes e conhecer novas pessoas e Stefanny apenas as acompanhou. Henrique, que não queria terminar o namoro com Stefanny, apenas queria que elas não fossem mais lá e não teve palavras no momento, ficou surpreso com Megg e Cibelle e pediu para conversar a sós com Stefanny em outro dia. Stefanny decidida e decepcionada com a atitude possessiva de Henrique não voltou atrás com sua decisão e não quis conversar com Henrique, estava muito chateada e disse que não conseguiria mais ficar em paz sabendo que ele estava vigiando ela com um aplicativo e que isso era muito desconfortável, e não estava mais à vontade com ele, e não queria um namoro baseado em desconfiança e desentendimentos. E mesmo Henrique prometendo que desinstalaria o aplicativo e que não faria mais isso. Stefanny se manteve firme e disse que seria melhor assim, ela tinha o perdoado, mas não estava disposta a voltar.

Então uma semana se passou sem que se falassem. As três foram à praia no domingo de tarde, Cibelle e Stefanny estavam lendo e tomando sol, enquanto Megg estava descansando na areia, ela estava em uma rotina muito agitada todos os dias tendo uma atividade diferente, e iria se manter assim até que o semestre acabasse. De repente, Cibelle colocou os óculos escuros com aro rosa e formato de estrela na testa, fechou o livro, olhou para Stefanny e disse:

— Nunca fui com a cara do Henrique mesmo, sempre o achei um playboy metido.

Megg riu e respondeu:

— Sinceramente, já é ruim namorar alguém que esconde algo de você, imagina alguém que te vigia como se você fosse alguém não confiável. Isso foi um insulto. Você merece alguém muito melhor do que ele, Stefanny, e merece ser admirada como uma pessoa irrepreensível, ele subestimou você e te diminuiu ao tamanho de alguém que teria algo importante a esconder, ele agiu como se você estivesse se encontrando com alguém pelas costas dele, ele nunca poderia pensar isso de você.

Cibelle continuou:

— Eu até hoje não vi nada de mais naquele lugar, estávamos chamando atenção porque erámos gente nova no Shine e foi só isso o que aconteceu, não fizemos nada de errado, e conhecemos esse lado obscuro de Henrique.

Stefanny concordou plenamente, disse que ela foi apenas para acompanhar, e que se não fosse por elas, ela talvez nunca saberia que estava namorando com um ciumento controlador.

— Obrigada por me abrirem os olhos com essa situação meninas, se existem anjos na terra para nos ajudar nessas horas, Deus enviou vocês que sempre estão comigo, e me livrando de situações. Elas entendiam que tinham tanta responsabilidade no término do namoro, quanto Stefanny, que só havia ido para conhecer e estava com as amigas como sempre e nada demais, e acabou em uma situação equivocada.

Bernardo e os garotos do clube só ficaram sabendo do fim do namoro quando perceberam que as três não estavam mais indo aos acampamentos do clube de Astronomia, ligou para Cibelle que o explicou tudo, contou com detalhes todo do acontecido. Bernardo ficou espantado com a atitude de Henrique e disse que ele foi um completo babaca ao fazer isso com Stefanny, mas não quis ir conversar com Henrique, achou muito feio o que ele fez de instalar um programa espião no celular da namorada.

— Mas apesar de tudo, sou amigo do Henrique, e mesmo eu achando que foi uma atitude ridícula, vou ficar do lado dele e vou falar com ele sim. Acho que não vou apoiá-lo na ideia de que espionar seria o certo, mas vou apoiá-lo nesse momento que, tenho certeza, não está sendo fácil para ele ter terminado com Stefanny, ele gostava muito dela e não queria terminar dessa forma. Vou falar com ele para saber se está tudo bem. Vamos combinar de nos encontrar depois que eu conversar com Henrique.

— Vamos sim! — respondeu Cibelle. — Ele vai precisar muito da sua compreensão nesse momento. E que por mais que ele não esteja certo, não queremos o mal dele e nem que ele sofra por nossa causa.

Stefanny passou alguns dias triste, foi uma semana de sorvete e filmes dramáticos, mas logo melhorou, ela gostava muito de Henrique também, mas toda vez que pensava nele e se lembrava dele, ela não conseguia se lembrar de nenhum outro episódio em que ele tenha sido indelicado com ela, eles nunca haviam brigado por nada, nenhum desentendimento, nenhuma sequer discussão, estavam muito ocupados para isso e realmente não tinha motivos para eles brigarem, Henrique era muito atencioso e tinha todo o cuidado e delicadeza que alguém em um relacionamento precisa ser tratado, eram um exemplo de casal.

Depois que Stefanny já não estava mais se sentindo triste, em uma tarde de domingo tomando sol ao lado da piscina na casa de Stefanny, Cibelle lembrou que já havia lido um livro onde explicavam sobre a mente de um ciumento, ela contou que ela comparou com os casos descritos no livro e se lembrou de um caso que aconteceu da mesma forma que aconteceu com Stefanny e Henrique. No mesmo minuto, Stefanny deu um pulo se posicionando em direção à Cibelle, querendo ouvir atentamente ao que ela tinha para dizer. Ela disse que no começo o casal estava vivendo mil maravilhas, eram mimos, presentes, flores, jantares, delicadezas, todas as coisas que ela gostava, igualmente Henrique tinha feito, e no livro o homem também havia pesquisado sobre a garota para conquistar ela, ele tinha pesquisado seus gostos musicais, seus livros favoritos, suas atividades, o que gostava de fazer e com o que se divertia, até aí tudo bem, dá para se conhecer isso ao longo do tempo, com paciência e convivência, o problema foi que ele pesquisou até a cor que ela mais gostava, seu signo, e principalmente, quem são seus amigos e se instalou como uma obsessão.

— Depois de saber tudo sobre a vida da outra pessoa, ela se tornou como um vício, saber se tudo aquilo que ela havia dito e postado em redes sociais era verdade, e realmente era tão natural como alguém que diz que gostar de sorvete de limão e realmente gosta de sorvete de limão, e foi aí que o problema se instalou. A personalidade do homem era de ser desconfiado, ele tinha dificuldade em confiar nas pessoas, e no começo ele escondia bem isso atrás de todos os agrados, mal sabia ela que por trás de cada conversa descontraída e por trás de cada pergunta havia uma intenção, ele prestava atenção em cada palavra dela, em cada ato dela, como se a qualquer momento ela fosse fazer ou falar algo de errado, e com isso, ele manipular ela depois quando quisesse algo e esse era o motivo de vigiá-la, saber se estava fazendo algo de errado ou se contradizendo para depois usar isso como uma desculpa para se mostrar que realmente era uma pessoa desconfiada e ciumenta. Do mesmo jeito aconteceu com vocês.

— Afinal, as máscaras caem e é muito cansativo manter uma outra versão de si mesmo, é muito esforço para uma pessoa fingir ser quem ela não é, e imagino que para Henrique — acrescentou Megg —, não seja diferente, ele te mostrava a melhor versão dele, e conseguiu até por bastante tempo esconder o seu outro lado, se fosse natural para ele ser uma pessoa maravilhosa como ele se mostrava ser, nunca conheceríamos esse lado dele, ele não teria esse lado. Infelizmente ele nos fez de bobas, fomos enganadas, porque nós também acreditávamos que ele era a melhor pessoa para a nossa melhor amiga. Que pena.

— Queríamos muito que desse certo e que fossem muito felizes — completou Megg.

— Eu também imaginava assim, achávamos que iríamos um dia nos casar, ter filhos, viver felizes no Alabama, e envelheceríamos lado a lado. Mas não éramos tão sinceros um com o outro como imaginávamos ser — concluiu Stefanny.

Ao saírem com um bronzeado cor de mel depois de muitos mergulhos e conversas naquela tarde na casa de Stefanny, quando

A CASA DAS BROMÉLIAS

Megg e Cibelle foram embora, a mãe de Stefanny, que estava por acaso escutando a conversa a elogiou:

— Estou impressionada com sua atitude Stefanny, como soube o que fazer e o fez. É realmente bom nessa fase de sua vida que você se preocupe apenas com seus estudos, enquanto Henrique estava te fazendo bem, ok, mas a partir do momento que ele começou a tirar a sua paz e te trazer problemas no namoro, a atitude certa a se fazer é se afastar, pelo menos por um tempo, uma distância saudável, talvez no futuro reatem a amizade, mas no momento, continuar, só iria lhe trazer mais problemas. Além de que nós duas sabemos que o maior motivo de divórcios em casamentos é por causa de ciúmes, desconfiança e discussões, isso causa um desgaste emocional imenso e você teria muito tempo a perder para resolver todos os esclarecimentos que uma pessoa ciumenta acha que deve receber da outra. Estou muito orgulhosa de você, e acho que na sua idade eu não teria a mesma maturidade que você teve de encarar isso como está fazendo — finalizou a mãe de Stefanny com um ar doce, com um sorriso admirado, e com os olhos brilhando, a abraçou e andou pelo corredor da casa com seu roupão de cetim bege até seu quarto.

Stefanny corada pelo sol de domingo suspirou e seguiu a mãe até seu quarto, a porta estava entreaberta, ela se sentou na beirada da cama, sua mãe estava penteando o cabelo sentada em frente a penteadeira, e Stefanny disse que a maturidade que ela usou veio dos bons exemplos que a mãe tinha dado, sua mãe sorriu novamente e disse que com certeza ela já havia nascido com esse dom, e todos os romances que já havia lido na vida haviam ensinado muito a ela.

E sem dúvidas, aquela casa grande de classe média onde morava Stefanny com os pais, que eram ambos advogados, por entre aquelas paredes cor de areia, grandes janelas e cortinas brancas, fora sempre um refúgio para o aprendizado de Stefanny, que às vezes usava a poltrona da sala onde o pai lia o jornal da manhã para ler seus romances, e ao redor da lareira, quando em noites de geada, eles conversavam muito e muitas histórias fluíam na mente de Stefanny que queria publicar todas um dia.

É muito bom saber que a desigualdade social não atrapalhava a amizade das três, Megg e Cibelle não tinham nascido em uma grande casa com piscina e um belo jardim com um piso brilhante de porcelana como Stefanny, Cibelle e Megg eram de um bairro de periferia, onde a criminalidade e a violência transformavam jovens inteligentes com um enorme potencial em verdadeiros gângsters perigosos, elas quando mais novas, assustavam Stefanny com todos os relatos que aconteciam na vizinhança, mas isso nunca foi um obstáculo para as três se manterem unidas e terem uma amizade forte que ultrapasse as barreiras de qualquer preconceito que a própria sociedade impõe, eram tão compreensivas e abertas ao mundo, que seus olhos inocentes, que não viam maldade nem no que Henrique havia feito, elas reprovavam a ideia de esconder algo de alguém, mas por traz de todo o discurso de que ele havia deixado a máscara cair, elas o entendiam, e conseguiam até se imaginar no lugar dele, quando as viu dançando naquele lugar.

O DIVISOR DE ÁGUAS

Passaram-se, então, alguns meses, as três não saíram mais com os colegas do grupo de dança, porém, Megg ainda frequentava as aulas, como também frequentava as demais aulas em que havia se matriculado, ela estava muito ocupada e sua cabeça era sempre ocupada com o conteúdo que tinha que estudar para os testes dos cursos, há muitos meses não se falava mais nesse assunto.

Tudo o que Megg aprendia ela queria ensinar as amigas, que na maioria das vezes, deixavam ela dar algumas aulas e deixavam ela falar sobre o que tinha aprendido, queria ensinar às garotas todos os passos que aprendia nas aulas de dança na varanda de sua casa, e queria também ensinar Cibelle a desenhar para depois ela saber projetar as suas futuras construções de casas e prédios como uma futura engenheira civil, Cibelle não se preocupava muito com isso, pois ela dizia que no futuro contrataria um arquiteto para desenhar e depois ela estruturava a obra. Stefanny dizia que nunca mais sairia para dançar novamente, aos risos, Megg e Cibelle diziam que agora ela pode sair para dançar, pois não tem mais namorado para cuidar dela. Tudo corria bem e nunca mais haviam visto os Portini que foram convidados para a festa de formatura das três, cada uma foi em um dia, afinal elas estudavam em escolas diferentes e seriam então várias festas, além da festa de gala como a tradição de formaturas, e então o dia delas estava chegando.

A rotina de estudos de Cibelle era a mesma que dos anos anteriores, aulas pelas manhãs e estudo autodidata pela tarde, quase sempre na biblioteca ou em casa com muita leitura, e sempre buscando aprender o máximo sobre cada conteúdo, com muita matemática, física e química como o planejado. Stefanny e Megg mantinham a mesma rotina, Stefanny, em cursinho preparatório durante a tarde, e Megg na reta final de todos os cursos que ela estava fazendo, ela tinha aprendido muito naquele semestre. Era um ano de decisão importante para Stefanny e Megg que iriam escolher o curso que iriam fazer na universidade, tudo indicava que escolheriam comunicação e linguagens. Megg estava aprendendo quatro idiomas: Inglês, Espanhol, Português e Francês, e já estava fluente em inglês e espanhol, mas ainda no básico de francês. Stefanny estava fluente em Inglês, espanhol, português, libras e alemão. As aulas de culinária, informática, dança e desenho ajudou a Megg se distrair e a mantinha ativa canalizando toda a sua energia e a extravasar. Era como uma terapia para ela, onde ela se mantinha ocupada como desculpa para não ter tempo para Nicolas.

Apesar da influência tecnológica e por Megg ter melhorado seu desempenho em física, ela decidiu manter a escolha do curso de letras, Stefanny escolheu comunicação social e jornalismo, ambas tinham um sonho de se tornarem grandes escritoras, Megg queria trabalhar na redação de alguma revista importante. Stefanny, que já tinha uma pequena experiência como escritora, sabia muito bem o que queria além de aprender mais idiomas todos que forem possíveis para Stefanny.

Essa nova passagem para uma nova vida significava muito para elas, pois se prepararam a vida toda para isso. O clube de estudos foi para todos os membros um divisor de águas. Cada festa de formatura foi em uma data diferente, assim todas puderam ir na festa uma da outra e convidaram os Portini. Megg e Stefanny convidaram apenas os mais próximos, como Bernardo, Nicolas e Henrique, que eram como uma amizade mais íntima, e seriam úteis para a hora da valsa no baile de gala. Já Cibelle convidou para a formatura todos os Portini, ela achava justo que todo o clube de matemática no qual havia a ajudado muito e foi um divisor de águas, não só na vida de Cibelle, mas de todos os garotos do clube, pois muito mais do que

Cibelle que já estava decidida sobre seu futuro, o clube ensinou aos garotos a estudarem e os influenciou na escolha da profissão deles, os permitindo serem aprovados para a universidade. Foram então todos convidados para todas as cerimônias de formatura de Cibelle, mas para as cerimonias de formatura de Megg e Stefanny, Bernardo, Nicolas e Henrique fizeram presença.

Elas estavam lindas, pareciam estrelas de Hollywood, descendo as escadas em direção ao tapete vermelho daquele luxuoso salão, sendo fotografadas por muitos fotógrafos, enquanto todos os olhares estavam voltados para elas. Era o grande dia delas e de todos os familiares e amigos que as apoiaram.

No próximo mês elas já teriam que escolher em qual universidade estudar e qual o curso. E assim que as férias acabassem, já deveriam estar na universidade, cada uma em seu curso. Escolheram uma universidade local na mesma cidade, onde teriam todos ainda por perto. Cibelle iniciava, então, engenharia civil com seu colega de clube, Bernardo e Nicolas eram seus veteranos, tudo o que ela precisaria de conteúdo, eles teriam para compartilhar. Megg se matriculou em Comunicação social e jornalismo e Stefanny em letras com habilitação em português, inglês e espanhol, era um curso diferenciado, pois tinha ênfase em biblioteconomia, ela iria aprender a todas as técnicas utilizadas pelas editoras de livros.

Todos na mesma universidade da mesma cidade, mas em cursos diferentes, por enquanto nenhuma delas pensava em estudar fora, fazer um mestrado e doutorado em suas respectivas áreas em outra universidade, apenas Stefanny pensava em fazer intercâmbio de linguagens assim que terminasse a universidade.

Como Megg e Stefanny estavam então com muita coisa para ler, eram livros e mais livros, para Stefanny traduzir e os trabalhos para a universidade. Megg não queria ser repórter, ela optava por disciplinas com foco em redação. Mais tarde, Megg conseguiu estágio em um jornal onde era colunista e publicaria todas as semanas, foi o seu primeiro emprego depois que terminou a universidade. Stefanny terminou letras e foi fazer mestrado na Espanha.

Stefanny, quando terminou o mestrado na Espanha, abriu uma editora e chamou Megg para trabalharem juntas. No início passaram por restrições financeiras e a falta de experiência a fizerem passar por dificuldades nos primeiros anos. Até que fecharam contrato com outros escritores e elas publicaram um livro de um escritor no qual haviam contratado, que por um milagre virou um Best-seller, campeão de vendas enchendo o caixa da editora que não parava de receber pedidos do livro. Esse livro vendeu tanto que trabalharam na tradução dele para mais dez países. E continuou vendendo. Era um romance simples, mas os americanos adoram ler romances, e como rapidamente foi muito comentado nas redes sociais, o autor do livro ficou conhecido internacionalmente e a editora de Stefanny e de Megg ganhou notoriedade e reconhecimento internacional.

LEANDRO E CIBELLE

Leandro cursava engenharia mecatrônica, e assim como os colegas que estudavam juntos no antigo clube de matemática Portini, também frequentava o clube de astronomia, estava estudando para o teste militar das forças armadas e logo iria entrar para o curso de engenharia aeroespacial, um programa novo do governo para formar engenheiros da aeronáutica, ele tinha curso de piloto de avião e já tinha experiência com mecânica de aviões. Estava pronto para o teste, ele treinava na mesma academia que Bernardo e estudavam matemática juntos no clube, mas não gostava muito de sair com os garotos do clube, algumas coisas como bebidas e alguns tipos de alimentos a religião dele não permitia, vindo de família judaica, seus pais ainda requentavam as mesquitas, e quando criança ele também frequentava.

Diferente do que muitos pensavam, não eram radicais, eram bem liberais e tinham muitas atividades em que faziam sem ter a desaprovação de Deus e das escrituras da torá. Ele acreditava que Deus estava sempre o ajudando em todas as situações de sua vida, então ele respeitava as regras, o que não era muito esforço para ele, pois ele era um garoto muito convicto de que onde é que ele esteja, há um Deus que possui anjos e que estão sempre lutando para o seu bem por isso não queria desapontá-los com algo momentâneo que no futuro não teria importância.

Ele havia feito um intercâmbio no primeiro ano do ensino médio com a turma do curso de inglês e tinha conhecido um colega de quarto que era muçulmano, eles conversavam em inglês e comparavam as diferenças entre os seus países e suas culturas, apesar das diferenças foi identificação imediata como se já se conhecessem há anos e tivessem muito em comum, com uma naturalidade igual a crianças brincando. Quando seu amigo muçulmano veio visitar o Brasil, ele ficou hospedado na casa de Leandro que o levou para conhecer os lugares turísticos e históricos da cidade e não deixaram perder o contato com o passar dos anos pelas redes sociais, e assim mantiveram quatro anos de amizade a distância.

Quando finalmente depois de tanto treino e estudo do edital para a bateria de testes para o tão sonhado ingresso em engenharia aeroespacial, chega o dia da prova. Ele havia se preparado o ensino médio inteiro, e desde o intercâmbio no seu primeiro ano, ele já sabia que queria participar da seleção, se passasse estudaria então engenharia aeroespacial, se não, continuaria e terminaria o curso de engenharia mecatrônica e trabalharia na S.T.A.R.S, assim como os amigos do clube Portini e do clube de astronomia estava tudo certo para ele, e apesar da sua ansiedade que lhe gerava toda vez que ele pensava como seria seu futuro como um engenheiro aeroespacial da aeronáutica em seu país, ele se conformava em poder tentar nos próximos anos e saber que tinha outras opções. Seu próprio futuro o deslumbrava e enchia seus olhos de brilho saber que tinha ao menos tentado e entregado o seu melhor para trabalhar em algo tão grande e importante na vida de muitas pessoas.

No dia do teste, ele respondeu todas as questões com facilidade, ele sabia praticamente todas as quentões dentre as mais difíceis de cálculo em que teve que usar de raciocínio lógico para responder e não fórmulas pré decoradas. Eram quatro dias de testes, dois finais de semana seguidos, três dias de provas e um teste de aptidões físicas. Tendo ele passado em todas as fases, não nos primeiros lugares, mas dentro do quadro de vagas da turma que seria aberta. Esperou então o e-mail de resposta que seria enviado a todos os candidatos, sendo eles aprovados ou não, a resposta foi positiva e no e-mail já tinha marcado a data que ele deveria se apresentar.

Para os garotos do clube, Leandro se tornou então uma espécie de celebridade, todos no acampamento vinham lhe parabenizar e mandavam-lhe mensagens e mais mensagens, na faculdade os professores o olhavam com orgulho, os alunos o olhavam admirados, era realmente um teste de alta complexidade, e com uma concorrência muito numerosa, ele achava que tinha sido quase um milagre e que não poderia deixar de agradecer o apoio de todos e também achava que uma força superior o fazia conquistar o que ele tanto esperava, pois com suas próprias forças e sozinho ele não conseguiria, então fez um jantar para a família e os amigos do clube e demais conhecidos em agradecimento a todo o apoio que lhe deram.

Nesta sociedade é completamente comum, mesmo que para nós seja considerado destruir o sonho de alguém, dizer que o plano de alguém não vai dar certo, e encher com negativismo todas as esperanças das pessoas com números, estatísticas, argumentos, histórias de pessoas que fracassaram. Diferente de alguém que é realista e explica como o mundo funciona, para alguém em um delírio de grandeza se ilude dentro das suas próprias expectativas e vaidades. As pessoas fazem isso direto, na maioria das vezes sem perceber, mas algumas vezes a intenção mesmo é desacreditar a pessoa de seu potencial. E fazê-las se conformar sem dar o seu melhor em tudo o que fazem. Enquanto que grandes mentes e grandes potenciais são desperdiçadas em meio a essa chuva de negativismo.

Assim acontecia com a família e os amigos de Leandro, alguns amigos, menos os Portini que sempre tinham em quem se apoiar, e sempre que quisesse tinha alguém para lhe dizer uma palavra de incentivo, dentro de suas possibilidades e de forma realista.

Quando se nasce em um ambiente de prosperidade e de incentivo, nada pode abalar a convicção de uma pessoa em evolução. Como em uma formação de egrégora em que todos torcem e rezam ou oram para um bem maior. O pensamento e a fé de muitas pessoas gera uma força. E quando alguma pessoa negativa, por algum motivo é esbarrada em alguma situação ou outra na vida logo é desviada, e é assim que tem que ser. Já nos basta toda a insegurança humana que naturalmente temos, e ela deve ser trabalhada e é isso só podemos suportar nós mesmos, as lamúrias dos outros pertencem a eles. Sabendo disso foi que Leandro conseguiu fazer a prova com tranquilidade e passar por todas as etapas.

Trancou o curso de mecatrônica, passou um ano em treinamento e se dedicou inteiramente a academia, completou o primeiro ano de treinamento básico com êxito. Esse primeiro treinamento era uma peneira. Ele tinha que passar pelas mais diversas situações.

Quando Leandro finalmente entrou para a turma de treinamento, havia um instrutor chamado Estácio. Leandro, na primeira semana, achou que esse instrutor não gostou dele. Ele era muito rígido e sempre rude, então perguntou para os outros colegas da turma que disseram que Estácio era assim mesmo e que já ouviram relatos e histórias de instrutores piores, e que o pior do treinamento estava por vir.

Então foram semanas e semanas até se tornarem meses e completarem anos de treino e de severos testes de resistência física e mental. Os testes eram como prova e desafios a serem cumpridos, mas na verdade era como um treinamento de resistência, os rapazes que se destacavam eram os que corriam mais, nadavam por mais horas, ficavam imersos em grandes lagos e pântanos por vários dias, apenas respirando com armamento pesado, pulavam de paraquedas, mergulhavam a grandes profundidades em lagoas profundas, escalavam grandes montanhas, e exploravam grandes nevascas.

Passavam dias sem comer direito, e sem dormir, tudo o que poderiam usar era o que levavam na mochila, eles tinham que carregá-la com todo o peso do armamento e marchar durante horas adentro da floresta. Aprenderam a caçar, e a trabalharem em equipe com aquele lema de um por todos e todos por um, afinal, para se vencer uma guerra, a união faz a força e força é o fator determinante para vencer.

Tiveram que entrar em uma floresta onde tinham muitos animais peçonhentos e tinham apenas as botas para os proteger das picadas e o uniforme de tecido impermeável, levavam alguns soros antivenenosos em uma caixa de primeiros socorros que tinham soros para algumas espécies de cobras venenosas, as mais comuns, e para aranha marrom, uma das aranhas mais venenosas das matas.

Uma vez tiveram que mergulhar com cilindro de ar em uma caverna que estava cheia de raias com enormes ferrões, elas só ferroariam se fossem atacadas, eram gigantes, tinham que vencer o medo de um animal enorme e a missão era chegar até uma caverna do outro lado que tinha uma saída de ar. Era um rio que passava por dentro de uma caverna que tinha no interior de sua cavidade um oásis com algumas espécies de plantas exóticas e espécies de peixes que ainda não haviam sido descritas pelos cientistas e nem iriam ser, pois era mantida em segredo, pois estava em área militar, e alguns insetos já estavam sendo descritos pelos pesquisadores do exército. Nessa trajetória submersa com cilindro de ar, um dos rapazes ficou com o pé enrolado em uma corda que inexplicavelmente estava frouxa, a corda que indicava o caminho até o banco de terra onde florescia o oásis.

O mergulhador com um nó na corda do pé sem poder fazer algum sinal, pois era o último da fila e ficou para trás, viu indo adentro do caminho da caverna os seus colegas até que o último sumisse de vista, estava esperando ainda calmo que na volta os colegas passassem e o resgatassem, pois tinham o mesmo tempo de ar, então quando o seu ar tivesse acabando, o grupo teria que estar próximo para fazer o retorno pelo mesmo caminho que foram, o problema é que as raias apareceram e eles tinham ar na superfície do oásis podendo permanecer ali o tempo que quisessem, mas como protocolo de segurança, eles não permitiam que eles respirassem algum tempo fora do cilindro, pois o tempo calculado e o tempo da missão era cronometrado, de forma que respirassem pelo cilindro sem interrupções. O que foi que o salvou, pois na volta ele foi avistado.

As raias começaram a aparecer aos poucos, e uma por uma foram chegando, elas tinham cerca de três metros de comprimento e uns 5 de largura, eram enormes como grandes peixes abissais, tinham grandes ferrões aparentes e que poderiam matar um homem de dois metros em segundos, o mergulhador então tentou manter a calma, mas ele não poderia respirar fundo, pois o seu oxigênio acabaria mais rápido, seu coração batia mais rápido como querendo oxigenar melhor os músculos e abrir fuga daquele lugar, mas não poderia se mexer. Ficou imóvel, intacto, enquanto as raias o rodeavam como em uma grande dança de um nado sincronizado. Elas ondulavam suas nadadeiras movendo uma massa de água que era corrente por causa do rio.

Quando o grupo, depois de fazer todas as coletas das amostras possíveis, finalmente retornaram, o instrutor ia na frente, ao ver a dança das raias gigantes em volta do mergulhador que estava com a perna enrolada na corda, abriu bem os olhos e olhou para trás, um por um dos mergulhadores tinham a mesma reação, se assustar e olhar para trás para ver quem estava vindo e se mais alguém havia ficado para trás. A preocupação deles foi essa, de como não perceberam que faltava um, e se mais alguém havia se perdido no caminho. Eles seguiam em fila indiana e esperaram até que quase todas as raias se dissipassem, não tinham muito oxigênio, então o instrutor decidiu seguir e cortar a corda do pé do mergulhador que segurou na corda e seguiu a fila indiana entrando atrás do instrutor. O instrutor nadou até a entrada da caverna e subiu até a superfície. Um a um, os mergulhadores foram subindo até a superfície. Todos sem dizer uma palavra, estavam ofegantes e assustados, pois seu colega poderia morrer na missão e não tinham percebido sua falta. Perguntavam para o mergulhador se estava bem e se estava ferido e foram saindo da água e retornando ao avião.

Quando chegaram em um grande avião das forças armadas eles tinham que seguir rigorosamente o treinamento tático, havia um médico no avião os esperando. Era literalmente um treinamento de guerra, pois é isso o que faziam no exército e foi para isso que Leandro estudou muito e se esforçou. Ele achava que era só no começo que teriam grandes treinamentos físicos, mas os treinamentos o acompanhariam pelo resto de sua vida, mas agora mais fácil, pois já estava acostumado e já sabia como agir em determinadas situações.

A CASA DAS BROMÉLIAS

Por diversas vezes passaram por situações perigosas, e alguns saíam feridos dessas situações, haviam médicos e enfermeiros à disposição para acompanhá-los em todas as missões e mesmo com todo o perigo das missões, o conforto era saber que teriam atendimento médico e primeiros socorros quando precisassem e que em algum momento, mas não sabiam onde e nem quando, teriam uma refeição digna e algumas poucas, mas boas horas de sono.

Leandro passou por todas as provas, por meses a fio, sem reclamar, por diversas e diversas vezes pensou em desistir, o cansaço e o desânimo se misturava em cansaço físico e mental e não conseguia desligar os seus pensamentos, pois achava que se dormisse, algo poderia acontecer e prejudicaria toda a equipe, com os julgamentos e pressões estava ficando paranoico, precisava de acompanhamento psicológico, mas incrivelmente eles não tinham. Pelo contrário, eles tinham apenas o sono profundo e reparador para se recuperarem e estava sendo privado disso, então Leandro tinha um grande problema.

Ao passar por todas as provas, ele se graduava cada vez mais e ganhava medalhas e por fim, depois de dois longos anos de treinamento tático, ele começou a ter as aulas de engenharia aeroespacial. Iniciava-se então a sua jornada de engenheiro aeroespacial.

Levaram-no para um galpão com portas enormes, e por trás de cada porta tinha um super avião no qual ele teria que dominar a tecnologia de todos e ainda teriam o maior desafio de todos, projetar e construir um novo modelo de avião, pois de quinze em quinze anos teriam que renovar toda a sua tecnologia e manter em segredo de guerra pelos próximos quinze anos, até surgir e estar pronta a próxima geração de aviões, mas o que ele não sabia é que teriam que construir novas armas também. Novos modelos de armas era tão importante como novos modelos de aviões.

Primeiro tiveram as aulas, iria durar seis anos até se graduar em engenheiro, e depois construir e projetar todos os tipos de novas armas e tecnologias que pudessem com os recursos que tinham no menor tempo possível. E os testes eram feitos nos desertos desabitados.

Os rapazes então eram levados até o deserto com todos os procedimentos a serem feitos, não para que não tivessem imprevistos, mas para que tivessem a resposta certa para cada imprevisto que acontecesse. Eles ficavam admirados com a força de destruição que eles mesmos haviam projetado. Por isso os melhores alunos das turmas eram escolhidos, e estes depois que aprovados para as forças armadas eram treinados até se tornarem os engenheiros mais bem graduados do mundo, além de terem treinamento de criptografia e de linguagem de programação para se comunicarem entre si em sigilo.

Eram vários e exaustivos testes e observações até que pudessem voar em um dos aviões como um caça, eles treinavam sempre em lugares desertos e que não haviam moradores como grandes campos desabitados, e principalmente em lugares onde não haviam chances de voltar ou desistir no meio da missão, pois não tinham como voltar se não fosse por avião.

A cada missão que ele completava, ele voltava para casa e combinava de rever os amigos. Seu melhor amigo era o Teodoro, que sempre o mantinha informado do que acontecia no mundo e entre os garotos, de alguma forma não eram os mais populares, mas todos queriam ser amigos dos "Portini" e nem sabiam que era um antigo clube de matemática, sabiam apenas que eram muito unidos e queriam de alguma forma participar, então sempre quando tinham festas, todos eles eram convidados, e entre festas e olhares admirados, Leandro resolveu perguntar a Vinicius se deveria chamar Cibelle para sair.

Por algum motivo Leandro sempre perguntava se Cibelle e Bernardo estavam namorando. E Vinicius sempre respondia a mesma coisa, que não e que talvez em alguns anos, mas muita gente pensava que eles namoravam. Bernardo tinha muitas garotas que gostavam dele e Cibelle, por mais que achasse interessante, ela tinha em mente que se tivessem algo estragaria a amizade pois poderiam brigar igual Henrique e Stefanny, que depois voltaram a ser amigos, mas evitam frequentar alguns lugares para não se encontrarem quando estivessem acompanhados, ou seja, o namoro acabou, mas ainda havia um certo desconforto ao lidar com a presença do outro. O que acabou distanciando os dois.

Até que certo dia, na verdade em uma bela noite, ele a convidou para jantar. Parecia muito tímido e ainda com dúvida, ele gostava dela desde a época do clube, mas nunca se expressou, pois achava que Bernardo gostava dela e vice-versa. Mas Bernardo sempre teve outras garotas que chamavam mais sua atenção, e Cibelle se comportava como uma garota religiosa, ela simplesmente tinha interesses maiores que eram aprender cálculo complexo.

Depois de aceito o convite do jantar, Leandro foi conversar imediatamente com Bernardo, ele queria saber se estava tudo bem, e se o jantar com a Cibelle não o incomodava de alguma forma, pois se eles tivessem algo mesmo que não sendo sério ou assumido, Leandro respeitaria. Bernardo disse que estava tudo bem sim e que se ele se sentisse incomodado com a situação ele diria, pois ele sabia que muita gente achava que eles estavam namorando, mas eram só bons amigos.

No primeiro encontro entre Leandro e Cibelle eles pareciam não ter tempo para tanto assunto em comum. Leandro contando entusiasmado sobre os treinamentos e Cibelle empolgada com o curso de engenharia. Saíram por alguns meses até que Leandro foi realocado para outro estado.

Não houve um pedido formal de namoro, mas era como se fosse um namoro, com encontros e jantares e troca de presentes. Até que, quando Leandro foi transferido, eles se afastaram. Conversavam apenas pelas redes sociais e não eram um casal, então não era como um namoro a distância, Leandro sabia que logo seria transferido pra outra unidade e por isso não quis iludir Cibelle com uma promessa de um comprometimento maior, afinal, eram jovens e ainda conheceriam muitas outras pessoas, e haviam planejado apenas a sua trajetória acadêmica e logo as conversas por redes sociais foram perdendo força até que passavam longos períodos, como meses, sem se falar. Mal sabiam que no futuro trabalhariam juntos.

ALGUNS ANOS DEPOIS

Durante o todo o processo de seleção para os engenheiros civis que planejariam a única cidade que o planeta teria, Cibelle teve uma indicação muito forte de quem já trabalhava no projeto, foi o de seu amigo Leandro que a todo momento lembrava dela e dos amigos do clube, pois se não fosse por eles, ele não teria chegado aonde chegou, e sempre quando abria um processo seletivo para algum novo projeto e iniciava uma nova etapa, ele buscava sempre indicar alguém do clube. Por uma questão de amizade, confiança e fidelidade.

Era raro alguém que soubesse o que queria ser desde a infância e se manter fiel a sua decisão até o fim da universidade, e alguém que trabalhasse com a mesma pesquisa na universidade desde o primeiro ano, era mais raro ainda. Como ela, desde o primeiro ano da universidade, já estagiava no mesmo laboratório e trabalhava com a mesma área, ela pulou o mestrado e pode se inscrever diretamente no doutorado. E logo após que terminou o doutorado foi contratada para trabalhar em um escritório de engenharia civil, e ali trabalhou por dez anos até abrir seu próprio escritório e então ser convocada para a seleção. Enquanto isso, Megg e Stefanny trabalhavam juntas na editora de Stefanny que, em 10 anos, já havia lançado mais de 2000 livros de ficção científica e fantasia.

Cibelle não teve dúvida quanto a isso por anos e todos querem contratar alguém assim, pois talento, automotivação e paixão pelo o que se faz é raro. Sempre teve que se esforçar e aprender tudo estudando muito, pois sabia que se estudasse como se fosse todos os dias fazer uma prova, ela garantiria o seu futuro como engenheira civil. Pois é uma profissão de muita responsabilidade e que muitas pessoas confiam seus sonhos e vidas em um bom engenheiro.

Leandro abriu mão da carreira militar para trabalhar na S.T.A.R.S. Em 15 anos, ela havia se tornado uma das empresas de tecnologia aeroespacial mais importante do mundo. Pois montavam aviões para diversas companhias de aviação e eram líderes em vender jatinhos particulares para os clientes mais exigentes, eles tinham como clientes famosos de Hollywood e bilionários luxuosos e exigentes.

Começaram fabricando e vendendo drones que voavam e pequenas espaçonaves alienígenas de brinquedo. E em 10 anos de pesquisa e investimento, se tornaram uma empresa que constrói aviões comerciais e particulares. Passaram cinco anos em um projeto de pesquisa para finalmente atingirem, com a ajuda de Leandro, o objetivo de projetar e construir aeronaves que faziam voos comerciais até o planeta LQ57.

A GALÁXIA VIA VÍTREA

A galáxia Via Vítrea é a galáxia onde o planeta habitável, o planeta água da Via Vítrea LQ57, conhecido também como o planeta vidro, leva o nome da galáxia em que foi encontrado. Pela quantidade de pedras naturais e preciosas, todas em uma transparência e brilho de cristais como diamantes.

Ao descobrir a galáxia que estava a milhões de anos-luz do planeta terra, percebeu-se que um dos seus 12 planetas tinha terra e água, o que propicia a vida neste planeta aliado a condições climáticas e atmosféricas.

A primeira visita ao planeta foi por meio de uma sonda espacial, que tirou fotos de todos os ângulos do planeta, comprovando ali a presença de água, além de muitas pedras, lindas pedras. Em um acordo, as pedras nunca poderão ser tiraras do planeta, pois passaram a ser consideradas patrimônio natural do mesmo.

Além de muito espaço, muita água também, isso encheu os olhos dos cientistas que passaram a imaginar e desenhar como seria o paisagismo do planeta. O que eles não sabiam é que os outros planetas explorados não tinham condições de ter vida animal e vegetal, pois eram todos inóspitos.

Era de se esperar que os demais planetas da galáxia Vítrea fossem estudados também. Mas a ansiedade de comercializar uma residência talvez, e o privilégio de fazer parte da equipe que iria explorar o novo planeta era empolgante, todos queriam saber e fazer parte daquele mundo novo perfeito de que estavam imaginando.

O sol da galáxia Vítrea era muito maior do que o da Via Láctea, mas em compensação, o planeta Vítreo ficava em uma distância confortável se mantendo todo entre os 10 e 30 graus celsius dependendo da estação e época do ano, que também foram estudadas e divididas em 4 fases do ano.

O ano para o planeta Vítreo durava 543 dias, e assim era possível contar os anos, assim como os antigos inventaram um calendário com 365 dias para o ano do planeta Terra. O dia durava 35 horas e a noite apenas 15 horas, 15 horas de escuridão apenas era o suficiente para que os seres vivos pudessem descansar, e as horas corriam de acordo com as horas do planeta Terra, enquanto houvesse luz ainda havia dia, e quando a primeira noite no planeta Vítreo surgiu, a majestosa lua apareceu.

A lua era única por sorte, era de cor dourada, às vezes cobre, enorme, e refletia a luz do sol, os 12 planetas tinham suas luas, o segundo planeta e o nono dos 12 tinham mais luas, ambos tinham duas luas que giravam em torno deles em órbitas com distâncias expressivamente bem diferentes. Sempre tínhamos que observar pelas imagem das sondas a lua do planeta Vítreo para cuidar se a órbita era a mesma e se sua coloração não mudaria ao longo das estações do ano, dependendo da luz do Sol.

Logo, um nome foi dado para o sol, também o Sol da galáxia Vítrea, se chamava Solínea, mas é muito mais didático chamar a estrela regente fonte de calor e luz que abastece os planetas da sua galáxia de Sol. Muito tinha que ser observado, e estudados até que fossem feitos os experimentos com vida no planeta Vitreo. Não se sabe quantos anos, mas não se podem esperar muito, pois os recursos do planeta Terra estão escassos.

O primeiro planeta em órbita em volta do Sol Vítreo era o planeta 6401, foi nomeado de planeta Mochie. Todos os nomes foram baseados em homenagens e quem escolhiam eram os próprios cientistas que estavam fazendo as pesquisas. O planeta Mochie tinha uma lua apenas e tinha uma coloração avermelhada, tinha muitos vulcões ativos e parecia estar em constante pressão, alguns até achavam que poderia explodir e virar um segundo Sol, o que era possivelmente aceito, pois estavam sempre discutindo a sua proximidade com o Sol.

O segundo planeta era o planeta Livreos, pois tinha duas luas e com uma cor mais alaranjada, tinha grandes bancos de terra, que um dia foram magmáticas, não haviam tantos vulcões, estimasse que haviam muitas crateras, mas vulcões ativos haviam apenas dois e os outros eram todos adormecidos. Enquanto que o primeiro planeta era coberto em sua superfície de magma e vulcões, o segundo era coberto por rochas magmáticas e crateras e vulcões adormecidos.

O terceiro planeta era o planeta Íris, pois haviam grandes colunas e bancos, rios e lagos de uma substância líquida que corria e jorrava como fonte de dentro do Íris para fora, formando grandes lagos de uma substância ora esverdeada, ora azul, densa, sem vida, sem oxigênio e hidrogênio, apenas uma substância líquida formando grandes lagos redondos que ao longe pareciam grandes olhos. Sem dúvidas o planeta mais bonito de todos. Seus bancos de terra eram formados por areia, como praias, e as areias eram tão cintilantes que pareciam estar sempre brilhando, devido aos pequenos e minúsculos cristais que formavam uma areia, e essa areia era composta por um cristal chamado de cristais de íliomanteo, sua beleza era de encher os olhos, aquele líquido cintilante se movendo e escoando, os grandes lagos, e aquela areia cintilante, brilhante, era a mais bela paisagem que Deus poderia ter criado para a admiração de tão simples olhos humanamente incapazes de enxergar mais adiante, nas profundidades dos lagos onde as primeiras lendas já estavam sendo criadas e a imaginação humana não tinha limites.

O quarto planeta era o planeta LQ57. Finalmente o planeta Vítreo e estava pronto para ser humanamente explorado. Como um divino presente de Deus. O mais precioso, sem dúvidas, casas e até prédios poderiam ser construídos com suas rochas que eram todas cristalinas, havia muita água, o mar e o oceano não é salgado, sim, é um oceano de água doce, banhado pelos continentes, bancos de terra enormes provenientes de rocha magmática, a terra avermelhada, onde seriam plantadas todas as espécies que ali se adaptarem, sendo semeadas e regadas por grandes chuvas de água doce.

Haviam grandes rios que desaguavam nos oceanos assim como no planeta Íris. As chuvas, as chuvas eram como um padrão, se não chovesse de manhã, chovia a noite, não costumava chover a tarde, chovia a cada dois ou três dias, durante o período do verão e a primavera Vítrea e a cada uma ou duas semanas durante o inverno e outono vítreo.

No planeta Vítreo, as casas onde os pesquisadores iriam se abrigar teriam de serem feitas com as pedras encontradas no local, e como as pedras são todas transparentes e coloridas, muitos bairros foram feitos transparentes entrando assim a luz do sol durante todo o dia, bairros eram feitos da mesma cor e as pedras eram coladas com produtos como cimento que eram trazidos nas grandes naves que transportarias as ferramentas e demais materiais, seriam trazidos mais ferramentas, pois praticamente todos os matérias poderiam ser usados. O tamanho do planeta Vítreo tem praticamente o dobro do planeta Terra, ou seja, o dobro de mantimentos para a espécie humana.

O quinto planeta era o planeta Carter, como já mencionado os nomes eram escolhidos sempre homenageando alguém, escolhido depois de reuniões entre os cientistas que formavam a comunidade da galáxia Via Vítrea, que tinha seu nome de vítrea por causa do planeta que era abundante em água e rochas transparentes que pareciam vidro, que foram formadas em altas temperaturas quando os vulcões ainda eram ativos, hoje adormecidos, o planeta tem cerca de cinco vulcões ativos apenas e mais 35 vulcões adormecidos. Ele era todo coberto por uma neblina de uma substância estranhamente gasosa, como se estivesse sempre nebuloso, a sua atmosfera não era densa, mas os gases em que eram compostos não eram transparentes, eram esbranquiçados e desciam e subiam em correntes de ar, e quando subiam formavam grandes nuvens no céu que estranhamente não se precipitavam, a corrente de ar continuava girando e não chovia, o gás simplesmente descia em uma nova corrente que se formava, assim eles ficavam se movimentando, descendo e subindo, formando nuvens e descendo novamente. O seu solo é composto por pedras, essas pedras pareciam ser um antigo caminho de rio, mas não haviam líquidos, apenas pedras e gases.

A CASA DAS BROMÉLIAS

O sexto planeta se chamava Meta, ele também tinha a atmosfera limpa, com gases transparentes, sem líquido, apenas enormes crateras e bancos de areias e rochas de tom escuro e acinzentados, sem cor, sem beleza, nada que impressionasse os olhos humanos, apenas solo escuro e cinza e crateras, as crateras são formadas por explosões de outros meteoros que se chocaram contra ele há milhões de anos.

Assim como o sexto planeta, o sétimo planeta que se chama Almós, também parecia uma lua gigante, cinza, frio, sem líquido, sem cores, sem beleza, apenas terra escura cinza e crateras. Não sabem explicar ainda por que as crateras foram formadas apenas em alguns planetas e outros não, subentendesse que os que foram atingidos por meteoros tenham líquido abundante em suas superfícies que preencheram as crateras.

Já o oitavo planeta, sim, ele é repleto de vida! O planeta Áqua Primit, o nome dele era água, pois havia água abundante, tóxica aos seres terrestres. Havia poucas porções de terra. A atmosfera não continha níveis de oxigênio e nitrogênio suficientes para a vida de seres terrestres, mas tinha o suficiente para abrigar e formar em milhões de anos várias espécies, evoluindo de acordo com as mudanças climáticas e ambientais do planeta, na ânsia de interagir entre si.

Seus campos repletos de uma espécie de relva brilhante, que tinha muitos minerais em sua composição, e esses minerais eram compostos por minúsculos cristais que dava o acabamento brilhante aos cereais que ali na relva emanavam se balançando no vento com uma sincronia única.

As montanhas enormes cobertas de neve com belas cascatas de água descendo por entre as suas rochas que seguem o rumo de um rio até que cheguem aos lagos, muitos vales, por onde a floresta brota e cresce como se fossem se alastrar até o pico das montanhas de rocha. E além de seus vales, florestas, bosques, rios e lagos, há também os oceanos, e eles estão repletos de vida. Em alguns bosques, há animais primitivos como os dinossauros, outros bosques estão vazios.

O planeta se chama Áqua Primit porque está repleto de vida primitiva, em sua grande maioria répteis, eles estão na água, no solo e no ar, voando pela atmosfera primitiva onde o ser humano não pode respirar, o teor e a quantidade de oxigênio e nitrogênio não estão adequados para os pulmões humanos, apenas para estes répteis especializados para este ambiente, a água também tem um teor que a torna tóxica para os humanos e os animais e maioria das plantas que aqui na Terra vivem.

Um planeta cheio de vida, que só pode ser visitado por câmeras ou por roupas especiais, cilindro de oxigênio e um antimicrobiano, qualquer bactéria, vírus ou protozoário pode ser letal para os terráqueos. Um planeta vitrine, mas que não pode ser habitado pelas espécies humanas, cheio de vida, formas de vida intocáveis.

O nono planeta se chama Tático, ele recebeu esse nome pois há fortes indícios de que era um planeta habitado, assim como o planeta Áqua Primit. Até que houve uma guerra e os conflitos foram tão grandes que explodiu uma disputa nuclear que dizimou toda a população de fauna e flora do planeta, tornando o ambiente muito radioativo, inapropriado para a vida. De uma cor terracota todo banhado a metais e uma poeira metálica que cobria tudo de fuligem, era apenas o que restou, sem fósseis, sem construções devastadas, sem cidades perdidas ou submersas, sem vestígios de esqueletos ou restos petrificados. Apenas a poeira metálica, que decompõe tudo por causa de sua forte radiação. Um planeta ainda perigoso, pois a radiação é totalmente letal. Podendo ser passada de um objeto ao outro. Com toda certeza ele não pode ser visitado.

O décimo planeta, Arcticus. Ele é frio, mas frio, muito frio. Qualquer vida ali encontrada se mantém há milhares de anos até hoje congelada. E por ser um planeta muito afastado do Sol, não há a possibilidade de descongelar, assim permanecerá por muitos e muitos anos e ao longo dos milênios, preservando a incrível história dos animais e plantas que ali viviam. A comunidade cientista supõem que assim como no planeta Terra, um meteoro atingiu a terra causando a era do gelo e a extinção dos dinossauros, supõe-se que tenha

A CASA DAS BROMÉLIAS

acontecido o mesmo com o planeta Arcticus, pois está repleto de vida alienígena, intacta e submersa em um mundo completamente distante, em um dos planetas mais distantes no sistema solar do sol e da galáxia via vítrea.

O décimo primeiro planeta tem uma fonte de um líquido precioso cor de ouro, o líquido não é metal e demora para congelar, assim formando rios e lagos de uma substância brilhosa e cor de ouro, que jorra da terra em direção aos grandes lagos que se formam ao final de casa rio, o pico das montanhas tem essa cor dourada, também brilhante, a chuva é brilhante, a neve é cor de ouro brilhante, a terra tem um tom amarelado e alaranjado por causa dos minerais que tornam a água daquela cor. É o planeta Ourídeo, coberto de pó de ouro, com nuvens brilhantes, e muita beleza.

O décimo segundo planeta é formado por um tipo predominante de rocha magmática e não tem líquidos e também não tem montanhas, apenas um planeta redondo com uma cor acinzentada, mesclado entre tons de cinza e marrom. Redondo e marrom, sem montanhas e sem líquidos. Mas o único planeta que tem anéis em volta, tem uma lua como os outros planetas, e um gigante anel ao redor formado por partículas de sedimentos de metais e rochas que orbitam em volta do planeta formando um anel, assim como orbita sua enorme e linda lua.

UM POUCO SOBRE AS TEORIAS DA EVOLUÇÃO E DA ORIGEM DO UNIVERSO

O planeta LQ57 foi descoberto pela NASA em parceria com as demais empresas espaciais de países como Rússia, Japão, Brasil, China, as principais potências do planeta e demais países, como estamos em uma era onde a paz reina e não há mais guerras entre os países, toda a comunidade científica do mundo se uniu com investimentos e recursos de todo o planeta focando em um bem comum. A pesquisa e a descoberta estava sendo mantida em sigilo, pois infelizmente, com 8 bilhões de humanos no planeta Terra, não iria ter como levar todo mundo, pois o planeta LQ57 tinha a metade do tamanho da Terra, isto ainda estava sendo debatido sobre quem poderia concorrer a uma vaga com moradia no outro planeta, para não terem problemas, decidiram que só era permitido a estadia de pesquisadores, o planeta inteiro se reuniu em um debate onde foi feito referendo, e por meio de voto, decidiram por uma questão ética que o planeta em hipótese alguma seria comercializado, seria usado apenas para pesquisa e abastecimento da Terra. Decidiu-se também que o investimento em paisagismo e em levar as espécies de animais e plantas para montarem ecossistemas experimentais e povoarem o planeta estava aprovado, porém a moradia de humanos estava cancelada por questões éticas, até mesmo as casas que seriam construídas e comercializadas seriam construídas apenas como pequenos hotéis de estadia para os pesquisadores.

A decisão foi tomada logo após o vazamento do sigilo de ex-funcionários das empresas aeroespaciais, os jornalistas não se continham em espalhar pelos quatro cantos da Terra sobre a mais nova descoberta científica, e talvez a mais importante. A descoberta de um planeta similar ao da Terra em atmosfera, solo, água e o principal, sem vida primitiva como bactérias, fungos protozoários e vírus, que poderiam ser letais para o ser humano que não tem um sistema imunológico adaptado para tais organismos.

Fica difícil manter sigilo com tantos jornalistas e emissoras pagando altos preços por qualquer informação, mesmo não sendo ainda confirmada. Nesse período, as emissoras nem precisavam pagar por informação, elas eram investigadas pelos jornalistas que, na maioria das vezes, erravam nas previsões e desinformava a população. Os jornalistas eram considerados como uma praga, invadiam, especulavam, investigavam, e no final, saia uma matéria com informações erradas e que causavam desastres na população e quase sempre afetava a economia de uma forma geral.

Era muito mais fácil fazer a descoberta de um novo planeta e diversas pesquisas do que manter sigilo, pois estavam pagando caro, muito caro por qualquer informação que seja aos funcionários tanto da S.T.A.R.S, como as demais empresas e funcionários do governo, mas nenhum deles rompeu o contrato de sigilo, assim tudo foi feito na mais pura dedicação e não por pressão de uma sociedade que só iria atrapalhar com suas críticas e pressões e interesses comerciais sórdidos.

O que entristeceu e causou grande problema aos pesquisadores, pois a população não parava de crescer em condições precárias nas periferias das grandes e pequenas cidades e os problemas sociais causados ainda existiam, sempre existiram e mesmo assim, a população ainda se multiplicava em condições precárias. Mas isso era responsabilidade do governo de cada país e de cada cidade, não poderiam encerrar as pesquisas até aquele momento, pois a pesquisa já estava avançada. O desafio agora era lidar com isso, foi criado um cargo, então, específico só para lidar com isso e uma comissão inteira para dar suporte a este representante.

A CASA DAS BROMÉLIAS

Pois, como Cibelle veio da periferia perigosa de um bairro afastado e suas amigas também, a violência urbana e os casos de jovens perdidos nas drogas e perdidos em relação ao seu futuro era algo que elas sabiam que existiam, pois elas tinham vivido aquilo na infância, a diferença foi que elas fizeram as amizades certas na escola e no bairro, elas nunca se esqueceram de onde elas vieram, e sempre carregavam consigo, apesar das pessoas sempre deixarem bem claro para elas que isso era problema do governo e não delas.

A composição química da atmosfera, baseada em oxigênio e nitrogênio era idêntica com a da Terra, com o avanço das pesquisas em amostras coletadas nos grandes lagos e nos mares do planeta LQ57, identificou-se a presença de algas, isso mesmo, a produção de oxigênio havia já sido iniciada pelas algas, concluiu-se que já haviam bactérias e protozoários em muita quantidade, em alguns lagos, a água era verde, turva e densa, povoada com tantos protozoários que precisaria de um aparelho específico para filtrar a água e reter tais nutrientes. Um dos cientistas até brincou em levar a água para o planeta Terra e vender como adubo, pois era a água mais rica em nutrientes que ele já havia encontrado em toda a sua vida e em todos os registros científicos.

Como no início da formação do planeta LQ57, há aproximadamente 1,5 bilhões de anos, havia muitos vulcões, sua lava havia passado por intemperismo químico e se transformado ao longo de milhões de anos em uma terra muito fértil, porém ainda desabitada, a diversidade do planeta Terra enfim explicada pela reação de moléculas que se transformaram em coacervados e depois as primeiras bactérias eucariontes, e mais tarde se tornariam procariontes, formando colônias e se diferenciando em organismos, que ao longo da evolução se autorregulando e se reproduzindo, e ao longo do tempo se diferenciando por mais que tenham surgido de um ancestral comum.

Talvez o surgimento de vida no planeta Terra tenha surgido por acaso, talvez tenha sido tudo absolutamente planejado e calculado por Deus, ou seriam mesmo os Deuses astronautas? Bom, os pesquisadores não podem, talvez, responder ainda esta pergunta, pois Deus está trilhões de anos-luz da compreensão humana, pois como mensurar aquilo que não vemos ou tocamos, ou aquilo que não sabemos ao certo seu poder e magnitude, muitas pessoas descrevem Deus por seus milagres, por sua misericórdia, por sua provisão e o conhecem de acordo com as bem feituras e a descrição dos reis, desde os reis egípcios até os últimos reinados dos pequenos países ao longo da história da bíblia.

Charles Darwin era um naturalista britânico que explicou a teoria da evolução biológica por meio da seleção natural. Darwin definiu a evolução como descender com modificações na qual indivíduos com certas características se adaptem ao meio ambiente de acordo com essas características. E foi assim, pela seleção natural, que as espécies se modificaram, dando origem para novas espécies ao longo de milhões de anos.

Em razão dos recursos limitados, os organismos com características hereditárias que favoreçam a sobrevivência e a reprodução, como por exemplo a capacidade de se camuflar, tendem a deixar mais descendentes do que os demais. Por exemplo: durante a revolução industrial na Inglaterra, existiam mariposas brancas, cinzas e pretas, devido a fuligem das indústrias, as mariposas pretas que ficavam camufladas ao longo do tempo deixaram mais descendentes, pois não eram predadas, as mariposas mais predadas pelos pássaros eram as brancas e cinzas, pois ficavam mais evidentes pela sua coloração, fazendo com que, ao longo de gerações, elas aumentassem, enquanto as outras diminuíssem.

A seleção natural faz com que as populações se tornem adaptadas, ou cada vez mais bem integradas aos seus ambientes ao longo do tempo. A seleção natural depende do ambiente e requer a existência de variações genéticas em um grupo.

Então, podemos afirmar, com certeza, tranquilidade e exatidão que por trás de tudo o que há no universo, seja por geração espontânea, seja teoria evolutiva, seja pela teoria criacionista, os cientistas já podem provar que existe um ser que é maior que nós e que coordena desde o tempo, até as paisagens mais belas e os animais marinhos abissais mais raros, absolutamente tudo o que há na terra fazendo com que em cada lugar escolhido por ele, seja equilibrado o ecossistema perfeito, apenas sob o que olhar sem nenhuma interferência humana capaz de devastar, desorganizar, ou interferir em sua criação. Pois, desde o surgimento da primeira molécula neste planeta, Deus estava lá, desde a primeira descrição na bíblia sobre a formação do planeta, Deus também estava lá, em qualquer das hipóteses ou teorias já criadas e aceitas pela comunidade científica, Deus também estava lá.

Depois de longas pesquisas sobre os componentes químicos do solo, da água e do ar, e vários testes com bactérias e pequenos mamíferos que foram introduzidos para ali viverem e serem observadas, as suas adaptações concluíram que era um planeta muito mais saudável de se viver do que a Terra, em termos de composição química. Nas paisagens montanhosas e verde musgo, já floresciam as primeiras flores ali semeadas e pareciam verdes campos desenhados por Deus sem a interferência do homem. Algumas plantações e os primeiros frutos já poderiam ser colhidos. Tudo o que precisavam para viverem bem estava sendo produzido já no LQ57 como uma grande fazenda de produtos tecnologicamente produzidos para que tivessem alta qualidade.

Foram contratados, então, vários cientistas do mundo todo para trabalhar nos programas que povoariam este planeta com apenas espécies rigidamente monitoradas por meio de controle da população. Seria o novo lar dos bilionários excêntricos do planeta Terra que se cansaram de viver em suas ilhas paradisíacas e encheram-se de esperança de criarem uma civilização o mais próximo da perfeição, no padrão que eles acham que pertenciam. Ou seja, a NASA vendeu o planeta para um grupo de bilionários interessados.

Paisagistas do mundo todo trabalhavam em levar as mais belas espécies e dóceis do planeta Terra para montarem um paraíso no planeta que, até então, tinha muito pouca matéria orgânica em seu solo proveniente do intemperismo químico dos vulcões, que ao lançar suas cinzas que se depositavam no solo e eram levadas para os lugares onde seriam usadas como adubo para as espécies introduzidas nas margens dos rios. Formando ao redor dos grandes lagos de águas salobras grandes campos de musgos, cobrindo cerca de 60% do planeta, os outros 40% onde o solo é mais antigo e bem adubado e rico em nutrientes devido a decomposição das lavas vulcânicas que se resfriaram, segundo os cientistas, em centenas de anos. É preciso muito mais do que centenas de anos de formação de um solo, é preciso milhares de anos e para se formar espécies complexas seriam necessários mais milhares de anos até que naturalmente a vida evolua e povoe todo o planeta. Por isso, o processo de especiação e paisagismo do novo planeta está acontecendo de forma completamente artificial. E é preciso muitas décadas de trabalho pela frente até que se tenha um lar no planeta LQ57.

Muitos anos de trabalho o mundo todo tinha pela frente para habitar o novo lar. E a S.T.A.R.S era uma das empresas encarregadas de transportar todos os trabalhadores para o novo planeta e todo o equipamento necessário. O trabalho estava apenas começando.

Várias viagens foram feitas usando as aeronaves da S.T.A.R.S. Fazer uma viagem intergaláctica para eles se tornou tão comum como para nós é embarcar em um ônibus e desembarcar em outro destino, como na cidade à frente.

A S.T.A.R.S era um modelo de empresa em que todos os colaboradores eram engenheiros de aviões e de naves, eram especializados e tinham cursos concluídos em engenharia, pois como começou em um grande galpão como laboratório de estudantes de mecatrônica, os fundadores já haviam terminado o doutorado, depois que a empresa se transformou de fábrica de brinquedos para indústria de aeronaves, os colaboradores que quisessem fazer um voo tripulado e conhecer o planeta LQ57 tinha que entrar em uma fila de espera que durava de um a dois anos, pois os visitantes e curiosos não poderiam ir a menos que pagassem uma taxa muito cara pelo embarque como um turista espacial, mas quem trabalhava na S.T.A.R.S poderia visitar de graça, desde que tivesse paciência para esperar a sua vez. Seiscentos mil dólares e sua passagem para turismo no planeta LQ57 estava garantida, ida e volta, hospedagem, alimentação e roteiros, a hospedagem era em uma base internacional e estavam trabalhando para enfim hospedar e vender as terras do planeta LQ57. Sim, o planeta todo estava sendo preparado para ser comercializado.

Pois só quem tinha capital suficiente para investir em infraestrutura (que seria a construção mais cara da história, pois os materiais eram transportados por aeronaves), poderia comprar um pedaço de terra no planeta. E como era uma iniciativa privada, os governos tinham total conhecimento de todo o programa, mas não era ativo diretamente nas decisões. Uma equipe de doutores em Direito Internacional estava começando a formular uma legislação específica e própria para o LQ57. Pois, qualquer habitante do planeta Terra poderia ter direito a sua propriedade, porém as leis eram claras e formuladas para que os mesmos erros do passado, que levou alguns países e grandes reis para a guerra e o planeta Terra inteiro, a Primeira e a Segunda Guerra Mundial se repetisse no novo planeta, o que não tinha possibilidade de acontecer, pois todos os que recebiam um passaporte para fazer turismo ou para trabalhar e morar passavam por rigorosos testes psicológicos, e assim garantiam que o planeta seria povoado pelo protótipo de cada espécie mais dócil possível, não poderia oferecer nenhum tipo de perigo em nenhuma situação para os visitantes, trabalhadores e futuros moradores do planeta que só recebia investidores com muito poder aquisitivo, pesquisadores e engenheiros.

Não seria fundada uma cidade em si, apenas um bairro modelo com um número limitado de habitantes, pois cada estrutura ali erguida era uma base de estudo e pesquisa totalmente tecnológica, onde funcionaria o que abasteceria os habitantes. Haveria apenas um número limitado de pessoas que migrariam em um prazo de no máximo 10 anos, em 10 anos todas as estruturas, paisagens e os testes de contaminação e intoxicação estariam completos. Apenas as manutenções seriam feitas ao longo dos próximos anos, décadas, séculos e talvez milênios. Foi muita sorte encontrar um planeta com a atmosfera e água iguais ao do planeta Terra, pois algumas doses diárias a mais de hidrogênio por dia por exemplo ao longo dos anos causaria uma intoxicação severa, podendo trazer danos irreversíveis causando dores fortes no sistema respiratório. Assim como um solo com muito alumínio, por exemplo, intoxica as plantas causando danos nas folhas e danos em uma plantação inteira.

Dentre as leis do planeta, o LQ57 deve ser povoado apenas por veganos, possuidores de um patrimônio de mais de 1 bilhão de dólares e estarem em perfeitas condições físicas. Ter no mínimo uma graduação de nível superior, todas as etnias poderiam se inscrever e não há restrições mínimas ou máximas de idade. Todos eram preparados com um curso de cidadania, onde teriam que completar as horas do curso.

Enquanto a S.T.A.R.S transportava as pessoas entre um planeta e outro, havia outra empresa que transportava os materiais. A princípio, tudo seria pré-fabricado e produzido no planeta Terra e transportado e montado no LQ57. Um esboço já havia sido desenhado pelos donos do planeta, porém deveria ser devidamente calculado e planejado de acordo com o modelo arquitetônico escolhido por cada morador. Então chegou a etapa para trabalharem na construção do mundo perfeito. Todos os monumentos históricos da humanidade, praticamente ignorados e deixados para trás, para que um grupo seleto de pessoas pudessem viver isolados no paraíso, e quando quisessem, simplesmente poderiam pegar um voo interespacial e visitarem quando quiserem o planeta de origem.

O sigilo no planeta Terra era mantido, todos pensavam que o planeta era apenas um grande laboratório de pesquisa, mas além de ser um laboratório, era também o lar dos cientistas e de quem poderia pagar e investir no seu novo lar, pois não teriam como salvar toda a população do planeta Terra.

O controle de natalidade era rígido, então cada casal poderia ter um filho apenas, e as crianças nascidas no novo planeta eram consideradas como pertencentes ao planeta sem poderem visitar a Terra, pois poderiam se contaminar e não resistiriam. De início, a população cresceria lentamente, mas em algumas décadas o pequeno planeta seria lentamente povoado. Era essa a explicação que dariam quando as crianças perguntassem, pois não seria bom se viessem a se contaminarem com o histórico de guerras, violência, genocídios, escravidão e fome do planeta Terra, que não era um lugar ruim de se viver, muito pelo contrário, era muito bom, até porque a classe alta viveu por muitos séculos bem no planeta Terra, infelizmente escravizando a classe baixa por muitos milênios. Felizmente, nem todas as pessoas da classe alta eram assim. E seriam então essas pessoas que seriam separadas e teriam a sorte de viver no paraíso.

Terminados os esboços e iniciados os planejamentos, reuniões com os moradores, que poderiam ser chamados de clientes, pois todos que estavam trabalhando no novo planeta estava prestando serviço diretamente para o grupo dos donos do planeta.

Os donos do planeta pareciam que estavam sempre de acordo uns com os outros, era como se eles já tivessem combinado antes e estavam lá apenas para informar o que queriam que fosse construído. Eles se comunicavam por telepatia, por isso sempre estavam em sintonia uns com os outros e nunca discordavam em algo, por isso compartilhavam um mesmo padrão de pensamento e de gosto, mantinham também um padrão de estética que nem Cibelle, conhecia. Desenharam as casas e os arquitetos quase não precisaram fazer mudanças no esboço.

Aconteceram mais duas reuniões até que terminaram o planejamento da pequena cidade. A partir dali, teriam um porta voz para as próximas dúvidas. Era o projeto da vida de Cibelle. Tendo um projeto desses em seu currículo, ela teria muitas outras oportunidades mundo a fora, depois que trabalhou na construção da cidade perfeita ela ficou conhecida no mundo inteiro como uma das melhores de sua especialização que era edificações em alto padrão e tecnologia desenvolvida pela sua própria equipe no laboratório onde trabalhou em sua graduação e em seu doutorado. A tecnologia utilizada que foi desenvolvida por ela foi patenteada e é utilizada por mais de 65 países. Ela desenvolveu um padrão de construção e elaborou o material para tijolos mais resistentes do mundo, sendo comparado até com a resistência de um diamante.

AMMY MILLER

Todo o processo de elaboração foi descrito em atas e registrado em documentos históricos pela NASA e por diversos pesquisadores no mundo inteiro, muitos cientistas foram premiados, dentre eles Cibelle que ganhou um prêmio Nobel de Ciência e Tecnologia pelo artigo. Todas as pesquisas eram financiadas pelos governos dos países e por empresas particulares, e tinham uma autorização dos donos do planeta para poderem ser iniciadas.

Quando Cibelle pisou no planeta pela primeira vez, ela filmou tudo, fez pequenos filmes da paisagem, como eram as plantas, as árvores, os primeiros animais que ali foram introduzidos para testes, como coelhos e pequenos roedores. Novas espécies manipuladas geneticamente foram autorizadas a serem introduzidas, então Cibelle filmava tudo para guardar em seu arquivo próprio e para mostrar as amigas que iriam publicar uma história baseada em fatos reais que se passa no planeta LQ57.

Tudo feito especialmente para agradar os olhos dos humanos, e principalmente para que fossem dóceis suficiente para viverem em harmonia com os outros animais, nenhuma espécie predadora poderia ser introduzida além dos humanos, que eram seletivamente escolhidos, não pelo poder aquisitivo, mas pelas características de personalidade que agradava a qualquer ser vivo.

Espécies como formigas e insetos não foram levados, foram levados apenas insetos polinizadores como borboletas e abelhas, uma vasta rede de comunicação foi instalada por meio de uma linha de satélites que passava a informação uns aos outros como em um cordão até chegar no planeta LQ57, que recebia e enviava informações da Terra em alguns minutos. Uma rede de comunicação interna também foi instalada, e assim que terminassem as estruturas e o paisagismo do planeta, seria cortada a transmissão para que nenhum hacker pudesse interferir nos planejamentos ou se infiltrar no planeta. Era uma fuga perfeita. Várias fábricas seriam construídas com tecnologia suficiente para produzirem todos os alimentos necessários para suprir as necessidades energéticas, e o planejamento de fábricas e a retirada da matéria-prima seria feito

A CASA DAS BROMÉLIAS

pelos próprios moradores que assumiram a responsabilidade de trabalharem para a manutenção da vida e de seu padrão sem ter que contratar funcionários gerando desigualdade e subempregos. Todos trabalhariam pelo todo, e assim manteriam as fábricas, a única escola, o hospital, e as outras estruturas funcionando da melhor forma possível, por isso o processo seletivo para as habilidades pessoais também foram levadas em consideração, e muitas pessoas optaram por assumir a responsabilidade do trabalho. Cada um em sua função e seu papel designado.

Como no chamado primeiro mundo pelos humanos, os países mais desenvolvidos dos continentes funcionam dessa forma. E assim todos têm a sua função na sociedade para que o todo tenha a qualidade de vida que estavam ali para ter.

O planeta Terra tem tecnologia suficiente para que em cinco anos o planeta LQ57 esteja terminado, e se tudo correr bem, em menos de cinco anos já estaria finalizado. E tudo correu em sigilo, toda a convocação, as seletivas, e em todas as etapas, nenhuma notícia era divulgada à imprensa, pois o sigilo profissional é muito importante para manter a segurança de toda a operação e de todos os novos habitantes. Depois que tivessem terminado, todos os que trabalharam no projeto teriam direito a visitar uma vez ao ano para as festividades. O calendário seria diferente, o ano solar é constituído por 578 dias. E os dias tinham 38 horas. Os testes mostraram que o ciclo biológico de cada habitante foi adaptado para dormir as primeiras horas da noite, e ao se levantarem, terem a manhã ainda escura para dormirem mais quantas horas quisessem até estarem prontos para exercerem suas funções diárias, que não passavam de seis horas por dia e a média era quatro horas por dia de trabalho.

Como Cibelle tinha um escritório no planeta Terra, ela visitava o planeta LQ57 com frequência para acompanhar o andamento das obras, eram realizadas cerca de duas ou mais visitas por mês. Nos primeiros anos tiveram que trabalhar acampados durante algumas semanas para a implantação das primeiras estruturas. O período de planejamento de toda a operação foi de 80% e o de execução foi de apenas 20%, em poucos anos terminaram todas as estruturas, e em três anos toda a arquitetura e paisagismo foi implantada. Tudo corria bem e conforme o planejado, e terminada as obras, poderiam visitar assim que solicitadas mais obras e reparos, mantendo sempre o sigilo profissional exigido em contrato.

Nesse período em que Cibelle trabalhava em seu escritório, e Megg e Stefanny trabalhavam na editora, elas se viam pouco e se comunicavam apenas por mensagens e cartas, apesar de viajarem muito e do tempo de lazer escasso, elas moravam na mesma cidade, elas sempre tiravam um tempo para visitarem uma à outra, como nos velhos tempos, reservaram um local no jardim da velha casa de Liara, onde funcionou por muitos anos a editora de Megg e Stefanny, para se encontrarem. Liara se aposentou muito rica e foi morar no Havaí, e sua casa continuou abandonada e sem herdeiros, apenas a visita das garotas que agora já formadas, usaram a casa como um esconderijo secreto, e depois de anos reformaram a casa e mobiliaram como um presente esperando a volta de Liara, que não voltou, mas mandou uma carta dizendo que a casa era delas e que poderiam ficar e que seus filhos e filhas pudessem usá-la da mesma forma que usaram. As três não conformadas com a carta responderam que em forma de gratidão elas devolveriam a casa restaurada, e como ela nunca havia visto sua casa antes e pediram encarecidamente que fizesse uma visita na casa. Prometeram uma grande recepção com todos os familiares de Liara e Stefanny. Liara não aceitou, ela havia doado a casa para as três, que eram muito novas, então ela resolveu deixar em seu próprio nome, não aceitou e achou melhor visitar a casa e que apenas as três estivessem na casa, sem festas e sem grandes recepções para não terem que se explicar a ninguém.

Alguns meses depois da primeira e única carta que Liara mandou ao seu endereço, ela adoeceu, ela sabia que já estava com a saúde comprometida e que logo não resistiria, mas ela decidiu não contar para as garotas, ela visitou a mãe de Stefanny e os outros irmãos, e foi para a casa quando as três não estavam, estavam no trabalho, ela ainda tinha a cópia da chave e então entrou naquela luxuosa mansão, sentiu que estava realmente em casa, e ali terminou seus últimos dias, na sua luxuosa casa e estava de volta, podendo visitar a família e receber a visita das sobrinhas quando quisesse. Seus últimos dias foram, talvez, os mais felizes de sua vida. Ela não tinha herdeiros, então além da casa, ela deixou uma boa herança em dinheiro para Cibelle, Stefanny e Megg.